A GATA
DO
DALAI LAMA

A GATA DO DALAI LAMA

um romance de
DAVID MICHIE

Tradução de André Faria, Barbara Tannuri
e Simone Resende

© 2012 Mosaic Reputation Management
Originalmente publicado em 2012 por Hay House Inc. EUA

Todos os direitos desta edição são reservados:
© 2013 Editora Lúcida Letra

Título Original: *The Dalai Lama's Cat (a novel)*

Editor: Vítor Barreto
Revisão da tradução: Joice Costa
Revisão: Celina Karam
Revisão Técnica: Eduardo Pinheiro de Souza
Design da Capa: Amy Rose Grigoriou
Design do miolo: Pamela Homan

Impresso no Brasil. *Printed in Brazil*
1ª edição 10/2013, 6ª tiragem 04/2021

Dados Internacionais de Catalogação na Publicação (CIP)

M892g	Michie, David.
	A gata do Dalai Lama / um romance de David Michie ; tradução: André Faria, Barbara Tannuri e Simone Resende. – Teresópolis, RJ : Lúcida Letra, 2013.
	224 p. ; 21 cm.
	ISBN 978-85-66864-02-1
	1. Literatura — Gato — Ficção. 2. Literatura — Budismo — Ficção. 3. Filosofia budista — Ficção. I. Faria, André. II. Tannuri, Barbara. III. Resende, Simone. IV. Título.
	CDU 82:294.3
	CDD 890.3

Índice para catálogo sistemático:
1. Literatura : Budismo   82:294.3

(Bibliotecária responsável: Sabrina Leal Araujo – CRB 10/1507)

Em memória da nossa pequena Rinpoche[1],
Princesa Wussik do Trono de Safiras,
que nos trouxe alegria e a quem amamos muito.
Que este livro possa ajudá-la
– e a todos os seres — a atingir a iluminação completa
de um jeito fácil e rápido.

Que todos os seres alcancem a felicidade
e todas as causas verdadeiras da felicidade;
Que todos os seres se libertem do sofrimento,
e de todas as causas verdadeiras do sofrimento;

Que nenhum ser se afaste da felicidade que,
livre do sofrimento,
é a grande alegria do Nirvana, a liberação;
Que todos os seres permaneçam
em paz e equanimidade;
Que suas mentes se libertem do apego,
da aversão e da indiferença.

---

[1] *Rinpoche* ou *Rinboqê* é um título honorífico usado no budismo tibetano. Significa, literalmente, "o precioso". O termo é uma forma usual de tratamento aplicada a lamas tibetanos. Nesse caso a intenção é apenas carinhosa. (N.T.)

PRÓLOGO

A ideia me veio em uma manhã ensolarada no Himalaia. Lá estava eu, deitada em meu lugar de sempre, no peitoril da janela do primeiro andar – o ponto perfeito para vigilância máxima com o mínimo esforço, enquanto Sua Santidade encerrava uma reunião particular.

Minha discrição me impede de mencionar com quem era a reunião. Digo apenas que se tratava de uma atriz famosa de Hollywood. Você sabe, a *Legalmente Loira*, aquela que faz trabalhos de caridade para crianças e é muito conhecida por seu amor por equinos, em especial burros. Sim, *ela mesma*!

Ela me notou pela primeira vez quando saía da sala, ao lançar seus olhos à janela, vendo a paisagem magnífica das montanhas cobertas de neve.

— Oh! Que fofa!

Aproximou-se para afagar meu pelo, o que retribuí com grande bocejo, espreguiçando-me e esticando as patas dianteiras.

— Eu não sabia que o senhor tinha uma gata! — exclamou a mulher.

Sempre me surpreendo com a quantidade de pessoas que fazem observações desse tipo, embora nem todas sejam tão ousadas quanto a americana, que deu voz à sua surpresa. Por que Sua Santidade *não* teria um gato — se é que "ter um gato" seja a forma correta de entender essa relação?

Além do mais, qualquer pessoa com senso de observação mais apurado reconheceria a presença felina na vida de Sua Santidade, por conta dos pelos espalhados e, eventualmente, de um bigode que eu faço questão de deixar em Sua pessoa. Se, algum dia, você tiver o privilégio de se aproximar do Dalai Lama e examinar seu manto, é quase certo que encontrará um fio fino de pelo branco, confirmando que, longe de viver sozinho, Sua Santidade compartilha seu santuário íntimo com uma gata de linhagem — ainda que sem documentos comprobatórios — impecável.

Foi exatamente essa descoberta que fez o cão corgi[2] da rainha da Inglaterra reagir com tanto vigor na ocasião em que Sua Santidade visitou o Palácio de Buckingham — incidente do qual a mídia mundial estranhamente não ficou sabendo.

Mas estou divagando.

Após afagar meu pelo, a atriz americana perguntou:

— Ela tem nome?

— Ah, sim! Muitos nomes — respondeu Sua Santidade, sorrindo enigmaticamente.

O que o Dalai Lama disse era verdade. Assim como muitos gatos domésticos, eu adquiri uma variedade de nomes, alguns usados com certa frequência, outros, nem tanto. Há um em particular do qual não gosto muito. Conhecido entre a equipe de Sua Santidade como meu nome de ordenação, não é um nome que o próprio Dalai Lama já tenha usado — pelo menos não a sua versão completa. Nem é um nome que divulgarei enquanto viver. Não neste livro, com certeza.

Bem... *definitivamente* não neste capítulo.

---

[2] A welsh corgi pembroke é uma raça nativa do País de Gales, além de ser a raça oficial de cães da rainha Elizabeth II, do Reino Unido. (N.T.)

— Se ao menos ela soubesse falar — continuou a atriz. — Estou certa de que teria muita sabedoria para dividir.

E, assim, a semente foi plantada.

Nos meses que se seguiram, observei Sua Santidade trabalhar em seu novo livro: as muitas horas que passava conferindo se os textos haviam sido interpretados corretamente; a grande quantidade de tempo e o cuidado que despendia para se assegurar de que cada palavra escrita expressasse todo o significado e o benefício possível. Cada vez mais, passei a pensar que talvez a hora de escrever meu próprio livro tivesse chegado — um livro capaz de transmitir um pouco da sabedoria que aprendi. Não aos pés do Dalai Lama, mas em seu colo. Um livro que contasse minha própria história — não exatamente algo sobre a trajetória da pobreza à riqueza, ou do lixo ao templo, ou ainda o modo como fui resgatada de um destino terrível demais de se imaginar, para me tornar a companhia constante de um homem que é não apenas um dos maiores líderes espirituais do mundo, laureado com o Prêmio Nobel da Paz, mas também um *expert* com o abridor de latas.

Muitas vezes, ao cair da tarde, quando percebo que Sua Santidade já passou tempo demais trabalhando, pulo do peitoril da janela, ajeito-me confortavelmente a seus pés e esfrego meu corpo peludo em suas pernas. Se isso não for suficiente para chamar sua atenção, finco meus dentes, de maneira amistosa, mas incisiva, na carne macia de seu tornozelo. Isso sempre funciona.

Com um suspiro, o Dalai Lama empurra a cadeira para trás, acolhe-me em seus braços e caminha até a janela. Enquanto mira bem dentro de meus grandes olhos azuis, a expressão contida nos dele é de um amor imenso que sempre me fará transbordar de felicidade.

"Minha pequena *bodhigata*", era como ele às vezes me chama, fazendo um trocadilho com a palavra sânscrita *bodhisattva*, que, no Budismo, refere-se a um ser iluminado.

Juntos, olhamos a vista panorâmica que cobre todo o Vale de Kangra. Pela janela aberta, uma brisa suave inunda a sala com aromas de pinho, carvalho do Himalaia e rododendro, dando ao ar um frescor quase mágico. Em seu abraço aconchegante, todas as diferenças se dissolvem por completo — entre o observador e o observado, entre o gato e o lama, entre a quietude do crepúsculo e meu ronronar profundo.

É em momentos assim que sinto profunda gratidão por ser a gata do Dalai Lama.

Capítulo um

Tenho de agradecer a um touro, que dava vazão a sua necessidade fisiológica no meio da estrada, pelo acontecimento que mudaria minha vida ainda muito cedo. Se não fosse por ele, o caro leitor não estaria com este livro.

Imagine uma típica tarde durante a estação de monções em Nova Déli. O Dalai Lama voltava para casa, vindo do aeroporto Indira Gandhi, depois de uma viagem de ensinamentos aos Estados Unidos. Enquanto passava pelos arredores da cidade, seu carro ficou preso em um congestionamento causado por um touro que caminhava devagar no meio da rodovia, onde resolveu defecar copiosamente.

Em seu carro, Sua Santidade olhava pela janela, com calma, esperando o tráfego fluir. Sua atenção foi atraída pelo que estava acontecendo ao lado da rodovia.

Em meio ao clamor de pedestres e ciclistas, feirantes e mendigos, dois meninos de rua ansiavam por terminar seu dia de trabalho. Mais cedo naquela manhã, encontraram uma ninhada de gatinhos escondidos atrás de uma pilha de sacos de estopa em um beco. Examinando sua descoberta de perto, logo perceberam ter encontrado algo de valor. Os gatinhos não se pareciam com os de rua; eram, obviamente, felinos de linhagem superior. Apesar de não estarem familiarizados com a raça de Gatos do Himalaia, os meninos reconheceram em nossos olhos de safira, nossa bela coloração e pelagem abundante uma mercadoria rentável.

Retirando-nos do ninho aconchegante no qual nossa mãe nos concebeu, jogaram meus irmãos e eu na assustadora confusão da rua. Em questão de minutos, minhas duas irmãs mais velhas, que eram muito maiores e mais desenvolvidas que o restante de nós, foram trocadas por rúpias — um acontecimento tão excitante que, durante o processo, acabei me estatelando na rua, escapando por pouco de ser atropelada por uma *scooter*.

Os meninos tiveram bem mais trabalho para nos vender, pois éramos franzinos. Por várias horas, marcharam pelas ruas, nos sacudindo vigorosamente em frente às janelas dos carros que passavam. Eu era jovem demais para ter sido desmamada e meu corpo miúdo não conseguia se sustentar. A falta de leite e a dor da queda me deixaram praticamente inconsciente, debilitada, e mal percebi quando os meninos atraíram a atenção de um idoso que passava e que estava à procura de um gatinho para a sua neta.

Gesticulando para que os meninos nos pusessem no chão, o velho agachou-se para inspecionar de perto. Enquanto meu irmão mais velho andava pelos montes de sujeira acumulados ao lado da estrada miando e suplicando por leite, levei uns tapinhas por trás na tentativa de me induzir a fazer algum movimento. Consegui apenas dar um passo cambaleante antes de cair em uma poça de lama.

Foi justamente essa cena que Dalai Lama testemunhou. Essa e a que aconteceu a seguir.

Depois de acordado o preço de venda, meu irmão foi entregue ao velho desdentado. Enquanto isso, lá estava eu, na poça de lama. Os meninos discutiam sobre o que fazer comigo, um deles me cutucava com o dedão do pé. Ao constatar que não conseguiriam me vender, arrumaram uma página da seção de esportes do jornal *Times of India* de duas semanas atrás que voara de uma valeta próxima e me embrulharam, como se eu fosse um pedaço de carne podre destinada à pilha de lixo mais próxima.

Comecei a sufocar envolta no jornal. A cada expiração, uma luta. Já fraca por causa do cansaço e da fome, senti a chama da vida se esvair. A morte parecia inevitável naqueles momentos finais e desesperadores.

Porém, Sua Santidade enviou seu assistente primeiro. Recém-chegado da viagem aos Estados Unidos, o assistente do Dalai Lama tinha por acaso duas notas de um dólar enfiadas no bolso do seu paletó. Entregou as notas aos meninos, que saíram em disparada, especulando com grande entusiasmo quantas rúpias poderiam conseguir com os dólares.

Sem o invólucro da armadilha mortal da página de esportes, ("Bangalore vence o Rajastão por 9 gols", dizia a manchete), logo me vi descansando confortavelmente no banco traseiro do carro do Dalai Lama. Algum tempo depois, já estava sorvendo o leite precioso que o Dalai Lama gotejava em minha boca, como se devolvesse vida a minha forma debilitada.

Não me recordo de detalhes do meu resgate, mas a história já foi contada tantas vezes que acabei memorizando. O que me lembro, no entanto, foi ter acordado em um santuário tão quentinho que, pela primeira vez desde que fora arrancada do nosso ninho de pano naquela manhã, senti que estava bem. Olhei ao redor tentando descobrir a minha mais nova fonte de alimento e cuidado, e me vi olhando diretamente nos olhos do Dalai Lama.

Como posso descrever a sensação de estar na presença de Sua Santidade nesses primeiros momentos?

É um sentimento, e também um pensamento — uma compreensão profunda e comovente de que tudo está bem. Como pude perceber mais tarde, é como se pela primeira vez tomássemos consciência de que nossa verdadeira natureza é feita de compaixão e amor ilimitados. Ela está lá o tempo todo, mas o Dalai Lama é capaz de enxergá-la devolvê-la a nós. Ele percebe nossa natureza de buda, e essa extraordinária revelação geralmente traz lágrimas aos nossos olhos.

No meu caso, enrolada em uma manta de lã avermelhada sob uma das cadeiras do escritório de Sua Santidade, também aprendi outra coisa, uma das mais importantes para nós felinos: eu estava na casa de um aficionado por gatos.

Tão forte quanto pude sentir isso, também pude sentir uma presença menos simpática do outro lado da mesa. Em Dharamsala, Sua Santidade diminuíra sua agenda de audiências e estava agora cumprindo um compromisso de longa data: ser entrevistado por um professor de História da Grã-Bretanha que viera visitá-lo. Obviamente, não posso lhe dizer com exatidão quem era, a não ser que vinha de uma das duas universidades britânicas mais famosas da *Ivy League*[3].

O professor estava escrevendo um fascículo sobre a história Indo-Tibetana e parecia irritado ao perceber que não detinha a atenção exclusiva do Dalai Lama.

— Abandonada? — exclamou o professor, depois de Sua Santidade explicar brevemente a razão pela qual eu estava ali ocupando a cadeira entre eles.

— Sim — confirmou o Dalai Lama, respondendo mais ao tom de voz usado pelo visitante do que à pergunta propriamente dita. Fitando o professor de História com um sorriso amável, falou com sua voz de barítono quente e cheia, que se tornaria tão familiar para mim.

— Sabe, professor, esta gatinha abandonada e o senhor têm algo muito importante em comum.

— Não posso imaginar o que seja — respondeu o professor friamente.

— Sua vida é a coisa mais importante para o senhor — disse Sua Santidade. — Assim como para ela, é a vida dela.

A julgar pela pausa que veio em seguida, era evidente que, apesar de toda sua erudição, o professor nunca fora apresentado a uma ideia tão estapafúrdia.

— Certamente o senhor não está dizendo que a vida de um ser humano e a de um animal possuem o mesmo valor? — ele se aventurou.

— Como humanos, naturalmente, temos muito mais potencial — Sua Santidade replicou. — Mas, nosso empenho em permanecermos vivos, o modo como nos agarramos à

---

[3] Ivy League se refere a oito universidades americanas de elevada posição acadêmica e prestígio social altíssimo; nesse sentido são parecidas com as universidades de Oxford e Cambridge, na Inglaterra. A expressão Ivy League vem do fato de que os muros dos prédios de algumas dessas universidades estão cobertos de hera, ivy. (N.T.)

experiência da nossa consciência pessoal — desta forma, seres humanos e animais são iguais.

— Bem, talvez alguns mamíferos mais complexos... — o professor lutava contra esse pensamento perturbador — mas não todos os animais. Quero dizer, por exemplo, não as baratas.

— Incluindo as baratas — respondeu o Dalai Lama, implacável. Qualquer ser que possua consciência.

— Mas baratas trazem sujeira e doenças. Nós temos de usar inseticida contra elas.

Sua Santidade se levantou e caminhou até sua mesa, de onde pegou uma caixa de fósforos grande.

— Nossa transportadora de baratas — disse ele. Muito melhor do que inseticida, tenho certeza — continuou ele, dando uma de suas famosas risadinhas. O senhor não gostaria de ser perseguido por um gigante com um spray tóxico nas mãos.

O professor reconheceu essa evidente, mas incomum, sabedoria em silêncio.

— Para todos nós que possuímos consciência, — o Dalai Lama retornou à sua cadeira — nossas vidas são preciosas. Portanto, precisamos muito proteger todos os seres sencientes. Além disso, devemos reconhecer que partilhamos os mesmos desejos básicos: o desejo de desfrutar a felicidade e o de evitar o sofrimento.

Ouvi Dalai Lama falar disso inúmeras vezes e de diferentes maneiras. Mas toda vez que ele toca no assunto com tamanha clareza e impacto, era como se o mencionasse pela primeira vez.

Todos nós partilhamos os mesmos desejos. E também o modo como procuramos pela felicidade e tentamos evitar o sofrimento. Quem entre nós não aprecia uma deliciosa refeição? Quem não gostaria de dormir em uma cama confortável e segura? Autor, monge — ou gato abandonado — nesse ponto, somos todos iguais.

Do outro lado da sala, o professor de História se ajeitava na cadeira.

— Acima de tudo — continuou o Dalai Lama, inclinando-se para me acariciar com o dedo indicador — o que todos nós queremos é ser amados.

Ao sair da sala do Dalai Lama naquela tarde, o professor teria muito mais em que pensar, além da gravação que fizera com a opinião do Dalai Lama sobre a história Indo-Tibetana. A mensagem de Sua Santidade era desafiadora. Contestadora até. Mas não o tipo de mensagem que poderíamos facilmente esquecer... Como estaríamos prestes a descobrir.

Nos dias que se seguiram, me familiarizei rapidamente com meu novo ambiente. O ninho aconchegante que Sua Santidade fizera para mim com um velho robe de lã, a mudança na iluminação dos quartos quando o sol nascia, passava sobre nós e se punha ao fim de cada dia e a ternura com que ele e seus dois assistentes me alimentavam com leite morno até que eu estivesse forte o bastante para começar a ingerir comida sólida.

Comecei também a explorar, primeiro a suíte do Dalai Lama, depois os arredores do quarto, até chegar ao escritório compartilhado por seus dois assistentes. O que se sentava perto da porta, o jovem monge rechonchudo de rosto sorridente e mãos macias, era Chogyal. Ele ajudava Sua Santidade com os assuntos do mosteiro. O mais velho e mais alto, do outro lado da sala, era Tenzin. Sempre vestido com um terno elegante, suas mãos tinham forte cheiro de sabonete antisséptico. Era diplomata e adido cultural, e ajudava o Dalai Lama com as questões laicas.

Naquele primeiro dia, quando cambaleei para dentro do escritório, houve uma pausa repentina na conversa.
— Que gato é esse? — Tenzin quis saber.
Chogyal sorriu enquanto me colocava em sua mesa, onde meus olhos foram imediatamente atraídos pela tampa brilhante de uma caneta Bic azul.
— O Dalai Lama a salvou quando saía de Nova Déli, — disse Chogyal, repetindo a história do atendente enquanto eu brincava com a tampa da caneta em sua mesa.
— Por que ela anda tão estranho? — o outro quis saber.
— Parece que a deixaram cair de costas.
— Humm — Tenzin hesitou, inclinando-se para frente para me examinar bem de perto. Talvez tenha sido mal alimentada por ser a menor dos filhotes. Ela tem nome?
— Não — disse Chogyal. Então, depois de brincarmos com a tampa da caneta algumas vezes, ele exclamou:
— Temos de lhe dar um! — Ele parecia entusiasmado com o desafio. Um nome de ordenação. O que você acha — tibetano ou inglês? (No budismo, quando alguém se torna monge ou monja recebe um nome de ordenação para marcar sua nova identidade).
Chogyal sugeriu várias possibilidades antes de Tenzin dizer — É melhor não forçar essas coisas. Tenho certeza de que algum nome surgirá quando a conhecermos melhor.
Como de costume, o conselho de Tenzin foi sábio e profético — infelizmente para mim, devido ao que aconteceu. Ainda perseguindo a tampa da caneta, saí da mesa de Chogyal e fui à metade da mesa de Tenzin, até que ele segurou meu pequeno corpo macio e me colocou no tapete.
— É melhor você ficar aí — disse. Tenho uma carta aqui de Sua Santidade para o Papa, e não queremos marcas de patas nela.
Chogyal deu uma risada.

— Assinada em seu nome pela Gata de Sua Santidade.

— GSS — Tenzin replicou. Na correspondência oficial, refere-se à Sua Santidade como SSDL. Esse pode ser seu título provisório até escolhermos um nome apropriado.

Bem em frente ao escritório dos assistentes executivos, havia um corredor que levava a mais escritórios, em direção a uma porta que era mantida cuidadosamente fechada. Eu ouvira no escritório dos assistentes que aquela porta levava a muitos lugares incríveis, incluindo o Andar de Baixo, o Lado de Fora, o Templo e até mesmo o Mundo. Essa era a porta pela qual todos os visitantes de Sua Santidade entravam e saíam. Ela se abria para um mundo novo completamente diferente. Mas naqueles primeiros dias, como um filhote bem pequeno, eu estava perfeitamente contente em permanecer do lado de dentro.

Tendo passado meus primeiros dias na terra em um beco, eu sabia muito pouco sobre a natureza humana — e não fazia ideia de quão inusitadas eram minhas circunstâncias. Quando Sua Santidade se levantava às três da manhã todo dia para meditar por cinco horas, eu o seguia e me enroscava ao seu lado, aproveitando seu calor e energia. Eu acreditava que a maioria das pessoas começava o dia em meditação.

Quando os visitantes vinham ver Sua Santidade, notava que eles sempre o presenteavam com uma echarpe branca, ou *kata*, a qual lhes era devolvida com uma bênção. Presumi que era assim que os humanos geralmente saudavam seus visitantes. Aprendi também que muitas das pessoas que visitavam Sua Santidade vinham de muito longe; e isso também me parecia perfeitamente normal.

Então um dia Chogyal me pegou em seus braços e, acariciando meu pescoço, perguntou:

— Você imagina quem são todas essas pessoas? — disse ele, seguindo meu olhar para as muitas fotografias na parede do escritório. Apontando para algumas das fotos, ele disse:

— Esses são os últimos oito presidentes dos Estados Unidos que se encontraram com Sua Santidade. Ele é uma pessoa muito especial, sabia?

Eu realmente sabia, porque ele sempre fazia questão que meu leite estivesse quente — mas não quente demais — antes de me servir.

— Ele é um dos maiores líderes espirituais do mundo — prosseguiu Chogyal. Nós acreditamos que ele é um Buda vivo. Você deve ter uma ligação cármica muito próxima a ele. Seria interessante saber que ligação é essa.

Depois de dias, encontrei o caminho que levava à pequena cozinha e à área onde alguns dos membros da equipe do Dalai Lama relaxavam, almoçavam, ou faziam chá. Vários monges estavam sentados no sofá, assistindo a uma reportagem sobre a visita recente de Sua Santidade aos Estados Unidos. Eles já sabiam quem eu era — na verdade, eu tinha me tornado a mascote do escritório. Ao pular no colo de um dos monges, deixei que ele me acariciasse enquanto eu assistia à TV.

Inicialmente, tudo que pude ver foi uma grande multidão com um pequeno ponto vermelho no centro, enquanto ouvia claramente a voz de Sua Santidade. Mas com o tempo, percebi que o ponto vermelho era Sua Santidade, no centro de um imenso estádio coberto. Foi uma cena que se repetiu em cada cidade que ele visitou, de Nova York a São Francisco. O apresentador comentava as multidões que vinham vê-lo em cada cidade e como isso demonstrava uma popularidade superior à de muitas estrelas do rock.

Pouco a pouco, comecei a perceber o quão extraordinário e altamente respeitado era o Dalai Lama. E, talvez por causa do comentário do Chogyal sobre nossa "ligação cármica", em algum momento comecei a acreditar que eu devia ser muito especial também. Afinal, foi a mim que ele resgatou da sarjeta em Nova Déli. Será que ele havia reconhecido em mim um semelhante, um ser senciente com a mesma vibração espiritual?

Quando ouvia Sua Santidade falar com seus visitantes sobre a importância da compaixão, eu ronronava alegremente, certa de que isso era o que eu tinha pensado também. Quando ele abria a minha lata de *Whiskas* à noite, parecia tão óbvio para mim quanto era para ele que todos os seres sencientes queriam satisfazer suas necessidades básicas. Quando ele acariciava minha barriga estufada depois do jantar, parecia igualmente claro que ele estava certo; todos nós queremos apenas ser amados.

Nessa época, houve uma conversa sobre o que fariam comigo quando Sua Santidade partisse em uma viagem de três semanas para Austrália e Nova Zelândia. Com essa e muitas outras viagens planejadas, eu deveria ficar nos aposentos do Dalai Lama, ou seria melhor se providenciassem uma nova casa para mim?

Uma nova casa? A ideia era maluca! Eu era a GSS e rapidamente tinha me tornado uma parte vital do estabelecimento. Não havia outra pessoa além do Dalai Lama com quem eu quisesse viver. Eu tinha começado a gostar das outras partes da minha rotina diária, fosse tomando um banho de sol no parapeito enquanto Sua Santidade conversava com seus visitantes ou me deliciando com a comida que ele e sua equipe me serviam no pires, ou ouvindo os concertos com Tenzin na hora do almoço.

Apesar de o adido cultural de Sua Santidade ser tibetano, ele se formou na Inglaterra, na Universidade de Oxford, onde estudou quando tinha seus vinte e poucos anos. Lá desenvolveu um gosto pela cultura europeia. Todo dia, na hora do almoço, a não ser que houvesse assuntos muito importantes a tratar, Tenzin se levantava de sua mesa, pegava sua pequena marmita de plástico preparada por sua mulher, e ia em direção à sala de primeiros socorros, que raramente era usada para esses fins. O lugar tinha uma cama de solteiro, um armário de medicamentos, uma poltrona e um aparelho de som portátil que pertencia a Tenzin. Um dia, ao segui-lo até a sala por curiosidade, eu o vi se acomodar na poltrona e apertar um botão do controle remoto do aparelho de som. De repente, a sala se encheu de música. De olhos fechados, ele recostou sua cabeça, com um sorriso nos lábios.

— Prelúdio de Bach em Dó Maior, GSS — ele me disse, assim que a curta peça para piano terminou. Eu não havia percebido que ele sabia que eu estava na sala também.

— Não é esplêndida? Uma das minhas favoritas. Tão simples, só uma linha melódica, sem harmonia, mas que transmite tanta profundidade e emoção!

Essa acabou se tornando a primeira das quase diárias lições de música e de cultura ocidental que tive com Tenzin. Ele realmente parecia apreciar minha presença como sendo um ser com quem podia compartilhar seu entusiasmo por essa ária ou por aquele quarteto de cordas — ou, às vezes, para variar, a encenação de algum evento histórico em uma novela no rádio.

Enquanto ele comia o que houvesse em sua marmita, eu me enrolava na cama de primeiros socorros — uma liberdade que ele aprovava, pois éramos apenas nós dois. Meu gosto por música e cultura ocidental começou a se desenvolver a cada almoço.

Então, um dia, algo inesperado aconteceu. Sua Santidade se encontrava no templo e A Porta estava aberta. Nessa época, já havia me transformado em uma gatinha aventureira, não mais satisfeita em passar o tempo todo aninhada em uma manta. Ao rondar pelo corredor à procura de aventura, avistei A Porta entreaberta, e soube naquele instante que tinha de atravessá-la, para explorar os muitos lugares que se encontravam do outro lado.

Andar de baixo. Lado de Fora. Mundo.

Não sei como, consegui descer os primeiros dois andares, agradecida pelo carpete, pois minha descida se tornava cada vez mais acelerada e descontrolada, fazendo com que me estatelasse desajeitadamente aos pés da escada.

Levantei e atravessei um pequeno corredor que me levaria para O Lado de Fora.

Foi a primeira vez que estive fora de casa desde que fui arrancada das sarjetas de Nova Déli. Havia uma agitação, uma sensação de energia, pessoas andando em todas as direções. Não tinha ido muito longe até que ouvi um coro de gritos agudos e o som das muitas pisadas no chão. Fui avistada por um grupo de estudantes japonesas que começaram a me perseguir.

Entrei em pânico. Correndo o mais rápido que minhas pernas cambaleantes foram capazes, desvencilhei-me da horda de gritos. Pude escutá-las chegando mais perto. Não havia como fugir delas. O barulho de suas solas de sapato batendo no chão parecia um trovão!

Então, avistei uma pequena fenda entre as colunas de tijolos que sustentavam uma varanda no andar superior. Uma abertura que levava ao subsolo do prédio. Era apertada e eu tinha muito pouco tempo. Além disso, não tinha ideia de onde iria parar, caso entrasse nela. Mesmo assim, pulei para dentro e todo aquele pandemônio cessou imediatamente. Eu estava em um grande porão entre o andar térreo e o piso de madeira. O lugar era escuro e empoeirado, havia um rufar constante de pisadas acima. Mas, pelo menos, estava segura. Comecei a me perguntar quanto tempo teria de ficar ali até que as estudantes fossem embora. Retirando com a pata uma teia de aranha do meu rosto, decidi não me arriscar em outro ataque.

Conforme meus olhos e ouvidos se acostumavam ao lugar, comecei a perceber um barulho estranho — uns ruídos esporádicos, mas insistentes. Imóvel, dilatei minhas narinas para investigar o ar. Junto com o barulho, pude farejar um cheiro pungente que fez meus bigodes formigarem. Minha reação, instantânea e poderosa, desencadeou um reflexo que até então não sabia possuir.

Mesmo sem nunca ter visto um rato antes, imediatamente reconheci aquela criatura como presa. O rato estava agarrado a uma coluna de cimento, com metade de sua cabeça enterrada em uma viga de madeira, que ele destroçava com seus grandes dentes frontais.

Aproximei-me furtivamente, mascarando minhas pegadas com os passos que vinham do andar de cima.

O instinto tomou conta de mim. Com um único golpe de minha pata dianteira, atingi o roedor, fazendo-o desabar no chão, onde permaneceu atordoado. Inclinando-me para frente, afundei os dentes em seu pescoço. Seu pequeno corpo amoleceu.

Sabia exatamente o que fazer em seguida. Com a presa em minha boca, fiz o caminho de volta até a fresta nas colunas de tijolo. Chequei o movimento do lado de fora, e, como não havia mais sinal das estudantes japonesas, voltei apressadamente para casa. Disparei pelo corredor afora e subi as escadas até A Porta. Trancada. E agora? Fiquei ali um tempo, pensando no quanto teria de esperar, até que finalmente alguém da equipe do Dalai Lama chegou. Ele me reconheceu e, sem prestar atenção ao troféu em minha boca, me deixou entrar.

O Dalai Lama ainda se encontrava no Templo. Por isso, fui para o escritório dos assistentes, soltando o camundongo e anunciando minha chegada com um forte miado. Respondendo ao tom não usual, Chogyal e Tenzin viraram e olharam para mim com surpresa, enquanto eu permanecia ali, orgulhosamente, com o camundongo aos meus pés.

A reação não correspondeu ao que eu esperava. Trocando um olhar afiado, ambos pularam de suas respectivas cadeiras. Chogyal me pegou enquanto Tenzin se ajoelhava à frente do camundongo imóvel.

— Ainda está respirando — disse ele. Provavelmente está em choque.

— A caixa da impressora — lembrou Chogyal, apontando para uma caixa de papelão vazia da qual acabara de retirar um cartucho de tinta novo.

Usando um envelope como pá, Tenzin colocou o camundongo dentro da caixa vazia. Ele o olhou de perto.

— Onde você acha?

— Há teia de aranha nos bigodes dessa aí — observou Chogyal, inclinando a cabeça em minha direção.

Essa aí?! Isso era modo de se referir à GSS?

Nesse momento, o motorista de Dalai Lama entrou no escritório. Tenzin entregou-lhe a caixa, dando instruções de que o camundongo deveria ficar em observação e que, caso se recuperasse, deveria ser solto em uma floresta nos arredores.

— GSS deve ter saído — disse o motorista, ao encontrar meus olhos azuis.

Ainda estava nos braços de Chogyal, não no seu abraço afetuoso habitual, mas sim como se estivesse imobilizando uma besta selvagem.

— GSS. Já não estou tão certo quanto a esse nome — disse ele.

— Era apenas um nome provisório — concordou Tenzin, retornando a sua mesa. Mas *Mouser*[4] de Sua Santidade também não parece apropriado.

Chogyal colocou-me novamente no tapete.

— Que tal apenas Mouser como nome comum? — sugeriu o motorista. Mas, por causa do seu sotaque tibetano acentuado, acabou soando como Mousie.

Os três agora me fitavam fixamente. A conversa havia tomado um rumo perigoso, do qual me arrependo desde então.

— Não pode ser apenas *Mousie* — retrucou Chogyal. Tem de ser não-sei-o-quê *Mousie* ou *Mousie* não-sei-o-quê.

— *Mousie* Monstra? — sugeriu Tenzin.

— *Mousie* Caçadora? — contribuiu Chogyal.

Houve uma pausa antes da sugestão do motorista.

— Que tal *Mousie-Tung*?

Os três deram uma gargalhada enquanto olhavam para minha forma peluda.

Tenzin tentou assumir um ar severo ao olhar diretamente para mim.

— Compaixão é bom. Mas você acha que Sua Santidade dividiria seus aposentos com *Mousie-Tung*?

— Ou deixaria *Mousie-Tung* no controle por três semanas durante sua visita a Austrália? — divagou Chogyal, enquanto os três caíam na risada de novo.

Levantei-me e saí do escritório sorrateiramente, orelhas para baixo e rabo entre as pernas.

Nas horas que se seguiram, sentada sob o sol tranquilo no parapeito da janela de Sua Santidade, comecei a me dar conta

---

[4] Mouser: termo em inglês para caçador ou perseguidor de ratos

da enormidade do que tinha feito. Por quase toda minha juventude, escutara o Dalai Lama enfatizar que a vida de todo ser senciente era tão importante para ele quanto a nossa era para nós. Mas qual foi a consideração que eu dei a esse ensinamento na única vez em que estive lá fora no mundo?

E quanto ao fato de que todas as criaturas desejam ser felizes e evitar o sofrimento — esse pensamento nem me passou pela cabeça enquanto perseguia aquele camundongo. Simplesmente deixei que o instinto tomasse conta de mim. Nem por um momento me coloquei no lugar do camundongo.

Estava começando a perceber que só porque uma ideia é simples não é necessariamente fácil de ser colocada em prática. Concordar com princípios pomposos nada significa, a não ser que vivamos de acordo com eles.

Gostaria de saber se contariam à Sua Santidade meu novo "nome de ordenação" — a desagradável lembrança da maior tolice da minha juventude. Será que ficaria tão horrorizado com o que eu havia feito a ponto de me banir deste belo paraíso para sempre?

Felizmente para mim, o camundongo se recuperou. E quando Sua Santidade voltou, ficou imediatamente envolvido em uma série de reuniões.

Foi somente no fim da noite que ele mencionou o acontecido. Estava sentado em sua cama lendo um livro. Ao fechá-lo, colocou os óculos na mesinha de cabeceira.

— Eles me contaram o que aconteceu — ele murmurou se aproximando de onde eu estava cochilando. — Às vezes, nosso instinto, nosso condicionamento negativo, pode ser avassalador. Mais tarde, lamentamos com pesar o que fizemos.

Mas não há razão para desistir de si mesmo — os budas não desistiram de você. Em vez disso, aprenda com seu erro e siga em frente. Assim mesmo.

Ele apagou o abajur, enquanto permanecíamos deitados na escuridão, ronronei gentilmente, agradecida.

— Amanhã começaremos de novo — disse ele.

No dia seguinte, Sua Santidade checava a correspondência que seus assistentes selecionaram do saco abarrotado que chegava todas as manhãs.

Segurando uma carta e um livro enviado pelo professor de História da Inglaterra, virou-se para Chogyal e disse:

— Isso é muito bom.

— Sim, Sua Santidade — Chogyal concordou, estudando a encadernação lustrosa do livro.

— Não estou me referindo ao livro — respondeu Sua Santidade — mas, à carta.

— Ah, sim?

— O professor diz que depois de refletir sobre nossa conversa, parou de usar veneno de lesma em suas rosas. Em vez disso, ele agora coloca os caracóis sobre o muro do jardim.

— Muito bom! — exclamou Chogyal com um sorriso.

Dalai Lama olhou diretamente para mim.

— Nós gostamos de tê-lo conhecido, não foi? — Lembrei-me que naquele dia havia pensado em como o professor me pareceu pouco iluminado. Mas depois do que fizera ontem, quem era eu para julgá-lo.

— Isso nos mostra que todos temos a capacidade de mudar, não é, *Mousie*?

Capítulo dois

Apesar de nós gatos passarmos a maior parte do dia dormindo confortavelmente, gostamos que nossos humanos se mantenham ocupados. Não de um jeito barulhento ou intrometido — apenas ativos o suficiente para nos entreter nos momentos em que escolhemos permanecer acordados. Por que outra razão você acha que a maioria dos gatos tem uma cadeira cativa, um local preferido no parapeito de uma janela, na varanda, no portão ou em cima do armário da cozinha? Não percebe, caro leitor, que é o nosso entretenimento?

Um dos motivos pelos quais é tão agradável viver em Jokhang, como é conhecido o templo do Dalai Lama, é exatamente este: tem sempre alguma coisa acontecendo.

Todos os dias, antes das cinco da manhã, o templo ganha vida com o som das sandálias no chão, quando os monges do Mosteiro Namgyal se juntam para suas meditações matinais. A essa altura, Sua Santidade e eu já estamos meditando há duas horas, mas à medida que tomo conhecimento do movimento lá fora, gosto de me levantar, dar uma boa espreguiçada, esticando minhas pernas para frente, às vezes arranhando o carpete, antes de me dirigir para meu lugar habitual no parapeito da janela. De lá, assisto à reconfortante apresentação do ritmo circadiano[5] começar a ser encenada novamente, pois na vida monástica, quase todo dia é igual.

Ela começa com quadrados dourados que começam a brilhar ao longo do horizonte, quando as lâmpadas do templo e do mosteiro são acesas. No verão, a brisa da manhã traz nuvens de incenso violeta — junto com os cânticos do amanhecer — que entram pela janela aberta, enquanto o céu começa a se iluminar no leste.

Às nove da manhã, quando os monges surgem do templo, Sua Santidade e eu já tomamos nosso café e ele já está à frente de sua mesa de trabalho. Em seguida, despacha com seus assessores e, lá embaixo no templo, os monges retornam a sua rotina diária, que inclui recitais de textos, ensinamentos, debates filosóficos no pátio e meditação. Essas atividades são interrompidas somente pelas duas refeições diárias e terminam às dez da noite.

Depois disso, os monges jovens voltam para casa e memorizam os textos até meia-noite. Os mais velhos são mais exigidos, estudam frequentemente e se engajam em debates que duram até uma ou duas da manhã. O período noturno em que não há atividade alguma dura somente algumas horas.

Enquanto isso, na suíte de Sua Santidade, há uma constante procissão de visitantes: políticos mundialmente famosos, celebridades e filantropos e também aqueles que são menos

---

[5] Os gatos e as pessoas estão em ciclos opostos do ritmo circadiano. Isso explica porque os gatos geralmente dormem durante o dia e saem para caçar à noite ou comecem a saltar e miar ao anoitecer.

conhecidos, mas, às vezes, mais interessantes, como o Oráculo de Nechung, que Sua Santidade algumas vezes consulta. Um meio entre o mundo material e o reino espiritual, o Oráculo de Nechung é o Oráculo do Estado do Tibete. Ele alertou para as dificuldades com a China já em 1947 e continua a ajudar com decisões importantes, entrando em estado de transe induzido, muitas vezes como parte de uma cerimônia elaborada durante a qual ele faz profecias e oferece conselhos.

Você poderia pensar que estar em um ambiente tão confortável e estimulante faria com que eu me sentisse a gata violoncelista mais feliz do mundo, é assim que nós gatos, nos referimos à parte mais delicada do cuidado que temos com a nossa aparência, quando damos atenção especial às nossas regiões íntimas. Mas infelizmente, caro leitor, naqueles primeiros meses de convívio com o Dalai Lama, você estaria errado.

Talvez porque até muito recentemente, eu só sabia o que era ser uma gata de uma ninhada de quatro. Talvez tenha sido a falta de contato com qualquer outro ser senciente abençoado com pelos e bigodes. Seja qual fosse a razão, o fato é que me sentia muito só, e também comecei a acreditar que minha felicidade só estaria completa com a presença de outro gato.

O Dalai Lama sabia disso. Cuidando de mim desde aquele primeiro momento no carro com a mais profunda ternura e compaixão, ele me alimentou ao longo daquelas primeiras semanas, sempre atento ao meu bem-estar.

Foi por isso que, um dia, logo depois do incidente com o rato, enquanto perambulava pelo corredor, me sentindo perdida e sem saber o que fazer, o Dalai Lama me viu a caminho do templo e, virando-se para Chogyal, que caminhava ao seu lado, disse:

— Será que a pequena Leoa da Neve gostaria de ir conosco?

Leoa da Neve?! Adorei o nome. Ao me pegar nos braços, ronronei em aprovação. No Tibete, os Leões da Neve são animais celestiais. Eles representam felicidade incondicional. São animais de grande beleza, vitalidade e encanto.

— Temos um grande dia pela frente. — Sua Santidade me disse, enquanto descíamos as escadas. Primeiro, uma visita ao templo para assistir aos exames. Depois a Senhora Trinci virá preparar o almoço para o visitante de hoje. E você gosta da Senhora Trinci, não é?

Gostar não era bem a palavra. Eu adorava a Senhora Trinci, para ser mais exata, o fígado de galinha da Senhora Trinci, um prato que ela preparava especialmente para meu deleite.

Sempre que havia necessidade de um serviço de bufê para uma ocasião especial ou um visitante ilustre, a Senhora Trinci era chamada. Há mais de 20 anos, o escritório do Dalai Lama descobriu a viúva italiana que morava nas redondezas durante o planejamento do banquete para a delegação de um alto escalão do Vaticano. O talento culinário natural da Senhora Trinci superou todos os outros serviços de bufê anteriores, em pouco tempo, ela foi nomeada a *chef* favorita do Dalai Lama.

A senhora Trinci era uma elegante mulher no alto de seus cinquenta anos, com uma queda por vestidos e bijuterias extravagantes, ao chegar a Jokhang, criara uma onda de excitação. Assumia o controle da cozinha no instante que chegava, atraia todos — não só os empregados da cozinha — para o seu redemoinho. Em uma de suas primeiras visitas, ela fez com que o abade da *Universidade Tântrica de Gyume*, que passava no momento, entrasse na cozinha, onde ela imediatamente amarrou um avental em seu pescoço e o pôs a descascar cenouras.

A Senhora Trinci não conhecia protocolo algum e não admitia que discordassem dela. O desenvolvimento espiritual tinha pouca relevância diante de um banquete para oito pessoas a ser preparado. Seu temperamento dinâmico era exatamente o oposto da humildade calma dos monges, mas havia algo em sua vivacidade, intensidade e paixão que eles achavam absolutamente cativante.

E eles adoravam o seu coração generoso. Ela sempre fazia questão que, junto com a refeição de Sua Santidade, um cozido apetitoso ficasse no fogão para sua equipe, e um folhado de maçã, um bolo de chocolate ou algum outro confeito dos deuses fosse deixado na geladeira.

Na primeira vez que me viu já me declarou como sendo A Criatura Mais Bela Que Já Existiu. Daquele dia em diante, nenhuma visita à cozinha do Dalai Lama estaria completa sem que ela tirasse de uma de suas bolsas, alguns pedaços suculentos de carne trazidos especialmente para mim. Quando me colocava sob a bancada, me olhava atentamente, tinha olhos cor de mel, rímel nos cílios, ficava me observando enquanto eu devorava um pires de guisado de frango, peru ou filé mignon. Eu estava justamente contemplando essa perspectiva quando Chogyal me pegou e levou jardim afora em direção ao templo.

Eu nunca havia entrado no templo e não conseguiria imaginar uma maneira melhor de fazer minha estreia do que com a comitiva de Sua Santidade. O templo é uma construção impressionante, todo iluminado, com teto muito alto, tapeçarias com figuras de divindades luxuosamente bordadas em seda, estandartes da vitória multicoloridos pendurados nas paredes. Há grandes estátuas de Buda com tigelas de bronze reluzentes enfileiradas na frente, cheias de oferendas simbólicas, comida, incenso, flores e perfume. Centenas de monges se sentavam em almofadas, esperando os testes começarem,

O barulho da conversa continuou mesmo depois que Sua Santidade chegara. Ele geralmente fazia uma entrada formal na frente do templo, assumindo seu lugar no trono do ensinamento com um silêncio respeitoso. Mas hoje entrara pelos fundos, sem querer chamar a atenção para si, nem distrair os monges que estavam prestes a serem examinados.

Todo ano, os monges noviços disputam um número limitado de vagas para estudar para o grau de Geshe. A qualificação mais alta no Budismo Tibetano, como um doutorado, o grau de Geshe leva doze anos para ser completado. Requer memorização impecável dos textos mais importantes, habilidade para analisar e debater diferenças filosóficas sutis, além de muitas horas de prática de meditação. Durante a maior parte dos 12 anos de treinamento, os estagiários geshe trabalham 20 horas por dia, seguindo um calendário rigoroso de estudos. Contudo, apesar das grandes exigências, ainda há mais noviços do que vagas disponíveis.

No exame de hoje, quatro monges noviços estavam sendo testados. Seguindo a tradição, eles começaram o exame respondendo perguntas dos examinadores diante da comunidade reunida de Namgyal, uma banca assustadora, porém aberta e transparente. Assistir a esse procedimento era uma boa preparação para os principiantes, que um dia também teriam de passar por isso.

Na fila de trás, sentada ao lado do Dalai Lama no colo de Chogyal, eu escutava a conversa entre dois irmãos butaneses, um garoto tibetano e um estudante francês, todos tinham chance de impressionar o público respondendo perguntas sobre assuntos como carma e a natureza da realidade. Os irmãos butaneses deram respostas corretas e automáticas e o garoto tibetano fez citações diretamente dos textos de referência, mas o estudante francês foi além, mostrou que não apenas aprendera os conceitos, mas também os internalizara. No meio de tudo isso, o Dalai Lama sorria calorosamente.

Em seguida, houve um debate com vários monges veteranos que usavam argumentos inteligentes para colocar os alunos em situações complicadas, o padrão se repetia. Os alunos butaneses e o tibetano se limitavam às respostas dos livros, enquanto o garoto francês rebatia com argumentos próprios e instigantes, provocando uma grande comoção no templo.

Finalmente chegou a hora de recitar textos, mais uma vez os alunos do Himalaia não cometeram erros. Quando pediram para o aluno francês recitar o *Sutra do Coração*, um texto pequeno, um dos ensinamentos mais famosos de Buda, o aluno francês começou a falar claramente e com voz firme. Mas, por alguma razão, errou no meio. Houve um longo silêncio de perplexidade — alguns sussurros — antes que ele recomeçasse a leitura, porém, um pouco menos confiante, até errar tudo completamente. Ele se virou para os examinadores e deu de ombros se desculpando. Eles fizeram um gesto para que voltasse ao seu lugar.

Pouco tempo depois, os examinadores anunciaram seu veredito: os noviços butaneses e o tibetano foram aceitos para os estudos Geshe. Apenas o garoto francês não foi bem-sucedido.

Pude sentir a tristeza do Dalai Lama quando o anúncio foi feito. A decisão dos examinadores era inevitável, mas mesmo assim...

— No Ocidente, há menos ênfase na memorização — Chogyal murmurou para Sua Santidade, que assentiu com a cabeça. Pedindo Chogyal que tomasse conta de mim, o Dalai Lama acompanhou o desapontado noviço francês até um quarto atrás do templo, onde ele contou ao jovem que estivera presente durante o exame.

Quem pode dizer sobre o que conversaram naquele dia? Mas, após alguns minutos, o menino francês retornou, parecendo mais consolado e lisonjeado por ter sido o objeto da atenção do Dalai Lama. Estava começando a aprender que Sua Santidade possuía uma capacidade muito especial de ajudar e guiar as pessoas para que encontrem um propósito pessoal maior — que traga grande felicidade e benefício para si e para os outros.

— Às vezes, escuto as pessoas falarem com desânimo sobre o futuro do Budismo — disse mais tarde Sua Santidade a Chogyal, enquanto os dois retornaram aos seus aposentos. Gostaria que eles pudessem testemunhar o que vimos aqui hoje. Há tantos noviços, tão comprometidos e qualificados. Meu único desejo é que nós tivéssemos lugar para todos aqui.

Quando chegamos, a Senhora Trinci já estava no controle da cozinha, para onde me dirigi imediatamente. Sua Santidade havia me distraído da minha solidão com aquela visita ao templo pela manhã. Agora, a Senhora Trinci continuaria me entretendo. Ela usava um vestido verde esmeralda, brincos de ouro grandes e pulseiras que combinavam, elas chacoalhavam toda vez que mexia os braços. Dessa vez, seus longos cabelos negros pareciam ter um tom avermelhado.

A Senhora Trinci raramente seguia a mesma regularidade que os moradores de Jokhang, e hoje não foi diferente. A crise atual tinha sido provocada por um corte de energia às duas da manhã. Ela foi dormir acreditando que acordaria com uma massa de merengue crocante em seu forno, que tinha deixado em baixa temperatura durante a noite. Mas ao invés disso acordou e viu uma mistura encharcada que não tinha mais salvação — faltavam apenas sete horas para a chegada do convidado de Sua Santidade.

O que se seguiu foi o preparo desesperado de uma nova massa, ou seja, um grande perigo vindo do forno, um plano elaborado que deveria ser levado para Jokhang à uma hora da tarde — muito tempo depois do prato principal, mas antes que a sobremesa fosse servida.

— Não seria mais fácil preparar outra sobremesa? — Tenzin sugeriu, perigosamente, ao saber do drama. Algo simples como...

— Tem de ser a Pavlova. Ela é australiana! — A senhora Trinci jogou a espátula de aço inoxidável dentro da pia. Ela sempre incorporava um elemento da culinária nacional do visitante. Hoje não seria exceção. O que há de australiano em uma beringela à parmegiana?

Tenzin deu um passo para trás.

— Ou em um guisado de legumes?!

— Eu só sugeri.

— Bem, não sugira nada! *Zitto! Sshhh!* Não há tempo para sugestões!"

O assistente de Sua Santidade saiu de fininho.

Apesar de toda dose de dramaticidade, a refeição da Senhora Trinci fora — como sempre — um triunfo gastronômico. A Pavlova não mostrava sinal da crise que antecedeu sua criação; era um merengue perfeito, coroado por pequenos merengues igualmente perfeitos, com cornucópias recheadas de frutas frescas e creme de *chantilly*.

A Senhora Trinci não esquecera a Criatura Mais Bela Que Já Existiu. Ela me serviu uma sobra tão generosa da caçarola de carne que fui obrigada a miar para que me retirassem do balcão da cozinha depois de comer, pois minha barriga estava muito cheia para que conseguisse descer sozinha.

Depois de ter dado várias lambidas agradecidas nos dedos cheios de anéis da Senhora Trinci, fui gingando até a sala de recepção, onde o Dalai Lama e sua visitante estavam agora tomando chá. Nossa visitante era a venerável Robina Courtin, uma monja que dedicou a maior parte do seu tempo a ajudar prisioneiros a refazer a vida por meio de uma iniciativa própria chamada Projeto de Libertação da Prisão. O problema das condições das prisões americanas estava sendo discutido quando entrei e me dirigi até meu tapete de lã favorito para realizar a minha habitual lavagem de rosto depois do almoço.

— As condições variam muito — disse a monja. Algumas prisões trancam seus prisioneiros durante a maior parte do dia em celas que mais parecem gaiolas em porões sem qualquer luz natural. Temos de falar com o prisioneiro por meio de uma pequena abertura em uma porta de ferro. Nessas circunstâncias, parece haver pouca esperança de reabilitação. Mas há muitas outras prisões —, continuou — onde o foco é mais positivo — no treinamento e na motivação para que as pessoas mudem. A atmosfera institucional está presente, mas as portas das celas ficam abertas durante a maior parte do dia, há atividades recreativas e esportivas, assim como TV, computadores e livrarias.

Ela fez uma pausa, sorrindo ao lembrar alguma coisa.

— Uma vez, quando ensinava meditação na Flórida, conheci um grupo de prisioneiros. Um deles me perguntou: "Como é a rotina em um mosteiro hoje?"

Ela encolheu os ombros.

— Então lhe contei que levantávamos às cinco da manhã para a primeira meditação. Bem, aquilo era cedo demais para ele! Os prisioneiros são acordados às sete da manhã. Eu expliquei que nosso dia é estruturado do momento que acordamos até nos recolhermos às dez da noite, com grande ênfase no

aprendizado e estudo, e trabalho nos jardins dos mosteiros, no cultivo das frutas e legumes. Ela fez uma careta.
— Ele também não gostou disso.
Os outros sorriam.
— Eu lhe contei que não tínhamos televisão, jornais, álcool, nem computadores. Diferentemente dos prisioneiros, os monges não ganham dinheiro para comprar guloseimas. E, certamente, não há visitas íntimas!
O Dalai Lama soltou uma risadinha.
— Foi quando ele disse a coisa mais extraordinária — ela continuou. — Sem nem perceber o que estava dizendo, ele sugeriu: se a coisa ficar muito difícil, você sempre pode vir morar com a gente.
Todos na sala caíram na risada.
— Ele realmente ficou com pena de mim! — Seus olhos brilharam. Para ele, as condições no mosteiro eram piores do que as da prisão.
Sua Santidade se recostou na cadeira, passou os dedos no queixo de forma pensativa e comentou:
— Não é interessante? Hoje mesmo pela manhã, nós vimos os monges noviços no templo competindo por uma vaga no mosteiro. Há muitos monges e poucas vagas. Mas, com relação à cadeia, ninguém quer ir para lá, mesmo que as condições pareçam melhores do que as do mosteiro. Isso prova que não são as circunstâncias das nossas vidas que nos fazem felizes ou infelizes, mas sim, a forma como as encaramos.
Os outros murmuraram em aprovação.
— Nós acreditamos que, sejam quais forem as nossas circunstâncias, há sempre a chance de vivermos uma vida feliz e significativa? — continuou o Dalai Lama.
— Exatamente! — Robina concordou.
Sua Santidade aquiesceu.

— A maioria das pessoas pensa que a única opção é mudar as circunstâncias. Mas, essas não são as causas verdadeiras da infelicidade, mas sim, o modo como elas pensam sobre as circunstâncias.

— Encorajamos nossos estudantes a transformar prisões em mosteiros — disse Robina.

— Para que parem de pensar no tempo de carceragem como um desperdício de vida, mas sim como uma grande oportunidade de crescimento pessoal. Há quem faça isso e a transformação é incrível. São capazes de encontrar significado e propósito real e saem completamente modificados da prisão.

— Muito bem — concordou Sua Santidade com um sorriso amável.

— Seria maravilhoso se todos pudessem ouvir essa mensagem — especialmente aqueles que habitam prisões criadas por si próprios.

Ao fazer essa constatação, o Dalai Lama olhou para mim, mas eu não sabia por quê. Nunca imaginei nem por um momento que eu era uma prisioneira. Leoa da Neve — sim. A Criatura Mais Bela Que Já Existiu — Certamente! Claro que eu tinha alguns problemas, o fato de ser uma gata solitária era o maior deles.

Mas prisioneira?

Eu?

❄

Só bem mais tarde entendi o que Sua Santidade quis dizer. Depois que os visitantes foram embora, o Dalai Lama chamou a senhora Trinci para agradecer-lhe a refeição.

— Estava maravilhosa — falou entusiasmado. Principalmente a sobremesa. A monja Robina gostou muito. Foi muito estressante prepará-la?

— Ah, não — *non troppo!* Não muito.

Na presença de Sua Santidade, a senhora Trinci era uma mulher diferente. A imponente *Brunhilde* das óperas wagnerianas de Tenzi, que dominava a cozinha, não podia ser mais vista, fora substituída por uma tímida estudante.

— Não queremos que se estresse demais,

O Dalai Lama olhou para ela, pensativo por uns instantes, antes de lhe dizer:

— Foi um almoço muito interessante. Estávamos falando sobre como a felicidade e o contentamento não dependem da circunstância. A senhora é solteira e me parece feliz.

— Não quero outro marido — declarou, se é o que quer saber.

— Então ser solteiro não é causa de infelicidade?

— Não, não! *Mia vita è buona.* Minha vida é boa. Estou muito satisfeita.

Sua Santidade balançou a cabeça.

— Eu acho a mesma coisa.

Naquele momento eu sabia que Dalai Lama se referia às prisões que nós mesmos criamos. Ele não estava apenas falando sobre circunstâncias físicas, mas também sobre a ideia de que eu precisava da companhia de outro gato para ser feliz.

A Senhora Trinci caminhou em direção à porta como se fosse sair. Mas, antes de abri-la, hesitou.

— Posso lhe fazer uma pergunta, Sua Santidade?

— Claro.

— Há mais de 20 anos venho aqui para cozinhar, mas Sua Santidade nunca tentou me converter. Por quê?

— Que coisa engraçada de se dizer, senhora Trinci! — Sua Santidade caiu na gargalhada.

Ao pegar sua mão gentilmente, falou:

— O propósito do budismo não é converter as pessoas. É dar a elas as ferramentas para que possam criar uma felicidade maior. Para que elas possam ser católicas mais felizes, ateus mais felizes, budistas mais felizes. Há muitas práticas, e sei que a senhora já se familiarizou com uma delas.

— É o maravilhoso paradoxo — continuou — que a melhor maneira de alcançar a felicidade é dar felicidade ao próximo.

Naquela noite me sentei no parapeito, olhando para o pátio do templo. Decidi que faria uma experiência. Da próxima vez que me pegasse sentindo a falta de outro gato em minha vida, me lembraria de Sua Santidade e da Senhora Trinci, que eram solteiros e muito felizes. Eu começaria a fazer outros seres felizes deliberadamente, mesmo que fosse tão simples como dar um ronronado gentil, para desviar meus pensamentos de mim mesma e pensar nos outros. Eu exploraria o "paradoxo maravilhoso" sobre o qual o Dalai Lama havia falado, para ver se funcionaria comigo.

Até mesmo o fato de tomar essa decisão me deixou inexplicavelmente mais leve, me sentindo menos culpada e mais despreocupada. Não eram minhas circunstâncias que estavam causando a minha angústia, mas sim, a minha crença nessas circunstâncias. Ao abandonar a crença da criação da infelicidade de que eu precisava de outro gato, transformaria minha prisão em um mosteiro.

Estava contemplando exatamente esse pensamento quando alguma coisa chamou minha atenção — um movimento perto de uma pedra grande no canteiro de flores do outro lado do pátio. Já estava escuro, mas a rocha estava iluminada pela luz verde do mercado que permanecia acesa à noite toda. Fiquei um bom tempo olhando de longe.

Não, não estava enganada! Concentrada, comecei a compreender a silhueta: grande, leonina, como um animal selvagem que tinha saído da floresta, com um olhar penetrante e listras perfeitamente simétricas. Um magnífico gato tigrado.

Com uma graça sinuosa ele deslizou para cima da pedra, seu movimento era intencional e hipnotizante. De lá examinou Jokhang, como um senhor feudal examina sua propriedade, antes de se virar para a janela onde eu estava. E parou.

Nossos olhares se encontraram.

Ele não reconheceu minha presença. Tinha me visto, eu tinha certeza, mas em que estava pensando? Quem saberia dizer? Seu olhar nada revelou.

Ficou na pedra por mais uns instantes e então foi embora, desaparecendo por entre a vegetação rasteira tão misteriosamente quanto havia surgido.

Na escuridão que caía, os quadrados luminosos apareciam nas janelas do Mosteiro Namgyal no momento em que os monges retornavam aos seus quartos.

A noite parecia cheia de possibilidades.

Capítulo três

É possível uma pessoa se tornar famosa por associação?

Embora eu nunca tivesse feito essa pergunta, descobri a resposta poucos meses depois de chegar a Mcleod Ganj[6], nos arredores de Dharamsala. Minhas aventuras do lado de fora se tornaram mais ousadas e frequentes, à medida que me tornava mais familiarizada com o complexo onde ficava a casa e o templo do Dalai Lama, e também com o mundo aos pés colina de Jokhang.

Fora dos portões do templo, podiam-se ver barracas de frutas, lanches e outros produtos frescos vendidos principalmente para os moradores. Havia também barracas para turistas,

---

[6] McLeod Ganj, também chamada de *Little Tibet* ou Pequena Tibet, é um vilarejo localizado na cidade de Dharamsala, na Índia. Foi a cidade escolhida por Dalai Lama para seu novo lar e sede do governo tibetano durante o exílio, mantendo as tradições religiosas e culturais dos tibetanos, após a China ter invadido seu país.(N.T.)

como a *"S. J. Patel's Quality International Budget Tours"*, a maior e mais resplandecente delas. O proprietário oferecia a maior variedade de produtos e serviços, desde passeios locais pelas redondezas de Dharamsala até viagens ao Nepal. Nessa barraca, os visitantes podiam comprar mapas, guarda-chuvas, telefones celulares, pilhas e garrafas de água. Desde muito cedo pela manhã até tarde da noite, depois que as outras barracas já estivessem fechadas, podíamos ver o senhor Patel chamando os turistas, gesticulando animadamente ao falar no celular ou, de vez em quando, tirando um cochilo no banco reclinado da sua Mercedes 1972, motivo de orgulho e felicidade, que ficava sempre estacionada por perto.

Como não havia muita coisa que pudesse interessar a uma gata na barraca do senhor Patel, nem nas barracas dos outros feirantes, não demorou muito até que eu me aventurasse a descer mais a rua, onde havia um pequeno comércio. Entre as lojinhas, havia uma em especial, da qual exalava um buquê de aromas muito atraentes, que, imediatamente, aguçaram meu olfato.

Jardineiras, mesas na calçada, elegantes guarda-sóis amarelos e vermelhos decorados com símbolos tibetanos auspiciosos alinhados na entrada do *Brasserie Café Franc*, um restaurante de onde emanavam os aromas do pão assando e do café fresco torrado, misturados com notas ainda mais tentadoras de torta de camarão, patê e molho branco com queijo de dar água na boca.

De um canteiro de flores do outro lado da rua, eu observava a movimentação de turistas que frequentavam as mesas externas diariamente: os mochileiros às voltas com seus *laptops* e *smartphones*, planejando expedições, compartilhando fotos, fazendo ligações cheias de chiado para seus familiares em casa; os turistas espirituais visitando a Índia à procura de experiências místicas; os caçadores de celebridades que tinham vindo até aqui esperando conseguir uma foto do Dalai Lama.

Um homem parecia passar a maior parte do seu tempo no local. Logo de manhã cedo, ele estacionava um Fiat Punto vermelho, brilhante, novo e encerado, incompatível com o cenário da rua malcuidada de Mcleod Ganj. Quando saiu do carro, pude ver sua careca reluzente, suas roupas pretas e elegantes e de corte bem justo. O homem era seguido de perto por um buldogue francês. Os dois desfilavam para dentro do restaurante como se estivessem subindo em um palco. Durante várias visitas prestei atenção ao homem dentro e fora do restaurante, algumas vezes esbravejando ordens aos garçons, outras, sentado à mesa folheando jornais enquanto fazia ligações em um celular preto reluzente.

Querido leitor, não sei explicar por que não descobri imediatamente quem ele era, ou quais eram suas preferências em relação a cães e gatos, ou sobre a absoluta estupidez de me aventurar mais perto do charmoso Café Franc. Mas a verdade é que eu ainda era inocente demais para saber, talvez porque, naquele tempo, não passasse de um filhote.

Na tarde de minha visita fatídica, o *chef* do Café Franc havia preparado um *plat du jour* especialmente tentador. O aroma do frango assado subia até os portões do templo — uma invocação que descobri ser praticamente impossível de resistir. Desci o morro o mais rapidamente que meu caminhar claudicante permitia, e não demorou muito até que eu me encontrasse bem ao lado das jardineiras com gerânios vermelhos na entrada.

Sem qualquer estratégia além de uma vã esperança de que minha mera presença seria o suficiente para ganhar um generoso almoço — afinal, isso funcionava com a senhora Trinci

— me aventurei em direção a uma das mesas. Os quatro jovens mochileiros que lá estavam não me deram a mínima, pois estavam ocupados demais com seus cheeseburguers.

Tenho de ir além. Em uma mesa do lado de dentro do restaurante, um homem mais velho que aparentava ser de origem grega me olhou com total indiferença enquanto bebia seu café.

Agora já havia entrado e pensava em qual direção seguir quando, de repente, ouvi um rosnado. O buldogue francês, apenas alguns metros a minha frente, me olhava ameaçadoramente. Eu deveria ter feito absolutamente nada. Deveria ter ficado onde estava. Miado com raiva. Tratado o cão com tanto desdém que ele não ousaria sequer dar um passo a mais.

Mas eu era filhote, uma gatinha jovem e tola. E, então, corri, o que só provocou ainda mais a fera. Ouvia-se um barulhão de patas batendo no piso de madeira em minha direção. Minhas patinhas tremiam, eu tentei correr o mais rapidamente que pude. Os rosnados do cão ficavam cada vez mais intensos à medida que se aproximavam de mim. Entrei em pânico, quase tive um colapso quando me vi encurralada num lugar desconhecido. Meu coração batia tão acelerado que achei que fosse explodir. Bem à minha frente havia um revisteiro um pouco afastado da parede. Sem ter outra opção e com a fera tão próxima que podia sentir seu hálito sulfúrico, fui forçada a pular por cima do revisteiro e aterrissar do outro lado, provocando um forte baque no chão.

A vitória escapou tão inesperadamente de suas mandíbulas, que o cachorro enlouqueceu. Podia me ver alguns centímetros à sua frente, mas não conseguia chegar perto. Seu latido histérico chamou a atenção das pessoas.

— Que rato grande! — Alguém exclamou.

— Está bem ali! — Outra pessoa gritou.

Em alguns segundos, uma sombra negra pairou sobre mim, senti o cheiro forte de loção pós-barba Kouros.

Em seguida tive uma sensação curiosa, algo que não sentia desde quando era uma recém-nascida. Um aperto em volta do pescoço, sensação de ser levantada. Puxada pelo cangote, logo estava olhando para a careca brilhante e os olhos castanhos aterrorizantes de Franc, em cujo restaurante eu havia entrado sem permissão, cujo buldogue francês havia enfurecido e que — mais importante de tudo — que evidentemente não gostava de gatos.

O tempo parou. O suficiente para eu observar a fúria em seus olhos salientes, a veia azul pulsante que subia por sua têmpora, os dentes cerrados e lábios franzidos, o brinco de ouro brilhante com o símbolo Om que balançava em sua orelha esquerda.

— Um gato! — Ele cuspiu, como se essa simples ideia já fosse uma afronta. Olhando para o buldogue, disse:

— Marcel! Como você deixou essa... coisa entrar? — Seu sotaque era americano e seu tom, de indignação.

Marcel se afastou, intimidado.

Franc caminhou com passos firmes para a porta da frente. Era óbvio que me arremessaria, me jogaria para fora. Só de imaginar fiquei aterrorizada. A maioria dos gatos é capaz de pular de grandes alturas sem nem ao menos se machucar. Mas eu não sou como a maioria dos gatos. Minhas pernas traseiras já eram fracas e instáveis. Um impacto mais forte poderia causar-lhes um dano irreparável. E se eu nunca mais conseguisse andar? E se eu não conseguisse achar meu caminho de volta para o templo de Jokhang?!

O homem de aparência grega ainda estava sentado impassível tomando seu café. Os jovens mochileiros, curvados sobre seus pratos, enchiam a boca com batata frita. Ninguém viria me salvar.

A expressão de Franc era implacável enquanto caminhava até a rua. Levantou-me ainda mais alto. Levou os braços para trás. Estava se preparando para não só me jogar no chão, mas também me lançar, porta afora, como um míssil.

Foi quando dois monges passaram pela porta a caminho do templo de Jokhang. Ao me verem, uniram as mãos em frente ao peito e curvaram-se ligeiramente.

Franc se virou para ver quem estava atrás dele. Mas, sem encontrar um lama ou um homem sagrado sequer, olhou curiosamente para os monges.

— A gata do Dalai Lama — explicou um deles.

— Um carma muito bom — seu companheiro acrescentou.

Um grupo de monges que vinham logo atrás repetiu a reverência.

— Vocês têm certeza? — Franc parecia surpreso.

— A gata de Sua Santidade — repetiram os monges em coro.

A mudança que acometeu Franc foi imediata e total. Trazendo-me contra ao peito, Franc me segurou em seus braços cuidadosamente e começou a me acariciar com a mesma mão que há pouco estava pronta para me arremessar para longe. De volta ao Café Franc, passamos por um corredor onde uma estante de jornais e revistas em inglês dava um toque cosmopolita ao estabelecimento. Em uma grande prateleira, havia um espaço vazio entre um exemplar da *The Times of London* e do *The Wall Street Journal*. E foi ali que Franc me colocou, tão delicadamente como se eu fosse uma bela peça de porcelana da dinastia Ming.

— Leite morno — ordenou Franc a um garçom que passava.

— E um pouco do frango de hoje — Ande! Ande logo!

Então, quando Marcel se aproximou aos trotes, arreganhando os dentes, seu dono alertou:

— E se você sequer *olhar* para essa coisinha linda — disse Franc levantando seu dedo indicador — vai ser comida de cachorro, só que *indiana* para o senhor hoje à noite!

O frango chegou e estava tão delicioso quanto seu aroma. Sentindo-me recarregada e reconfortada com meu mais novo *status*, subi para a prateleira mais alta e encontrei um lugarzinho simpático para um ninho entre uma *Vanity Fair* e uma *Vogue*. Essa sim era uma posição adequada para a Leoa da Neve do Templo de Jokhang, sem falar da vista bem melhor da brasserie.

O Café Franc era um verdadeiro restaurante híbrido do Himalaia, onde o chique metropolitano e o Budismo místico se encontram. Junto com as revistas de moda, a máquina de expresso e os elegantes aparelhos de jantar, a decoração contava com estátuas de Buda, *thangkas*[7] e objetos usados em rituais, como o interior de um templo. Em uma das paredes, molduras douradas ostentavam fotografias de Franc em preto-e-branco: Franc presenteando o Dalai Lama com uma echarpe branca; Franc sendo abençoado pelo Karmapa; Franc ao lado de Richard Gere; Franc na entrada do Mosteiro do Ninho do Tigre no Butão. Os clientes podiam contemplá-las enquanto escutavam um arranjo musical hipnótico de um dos mantras do Budismo Tibetano, "*Om Mani Padme Hum*", que saía dos alto-falantes.

---

[7] Tipo de pintura tibetana que geralmente representa deidades, mandalas e figuras históricas. (N.T.)

Enquanto me instalava em meu novo ninho, seguia as idas e vindas das pessoas com grande interesse. Ao notar que duas garotas americanas começaram a me acariciar, Franc caminhou até elas e murmurou:

— É a gata do Dalai Lama.

— Caramba! — Gritaram as duas.

Ele deu de ombros, como alguém acostumado com aquela reação.

— Ela está sempre por aqui.

— Caramba! — gritaram as meninas novamente. — Qual o nome dela?

A expressão de Franc sumiu por instantes antes que pudesse se recompor.

— Rinpoche — respondeu a elas. — Significa preciosa. Um título muito especial que geralmente é atribuído aos lamas.

— Caramba! Será que a gente pode, tipo, tirar uma foto com ela?

— Sem flash. Disse com ar severo. — Rinpoche não pode ser molestada.

O mesmo padrão se repetiria ao longo do dia.

— A gata do Dalai Lama — dizia ele, ao indicar minha presença, inclinando a cabeça em minha direção, enquanto entregava a conta aos clientes. — Ela adora nosso frango assado. — Para outros, ele ainda acrescentava, — nós tomamos conta dela para Sua Santidade. Ela não é divina?

Falando em carma, ele gostava de enfatizar. Rinpoche. Significa preciosa.

※

Em casa, eu era GSS, tratada com muito amor pelo Dalai Lama e com muita gentileza pela sua equipe. No entanto, era apenas uma gata. Já no Café Franc eu era uma celebridade! Em casa me davam biscoitos para filhotes de gato com valor nutricional balanceado na hora do almoço. No Café Franc, bife *bourguignon*, *coq au vin*, e vitela à Provençal eram minhas porções diárias, levadas até mim em minha almofada de lótus, rapidamente providenciada por Franc para meu conforto. Não demorou muito até que eu abandonasse os biscoitos do templo de Jokhang em favor das visitas regulares ao Café Franc, a menos que o clima não estivesse favorável.

Além da comida, o Café Franc acabou se tornando o mais maravilhoso espaço de entretenimento. O aroma do café orgânico torrado exercia um feitiço magnético sobre os visitantes ocidentais que chegavam a Mcleod Ganj. Eles eram de todas as idades, temperamentos e raças imagináveis, chegavam falando uma grande variedade de idiomas e vestindo as mais surpreendentes peças de roupa. Depois de passar toda minha curta existência cercada de monges de fala mansa vestidos de laranja e vermelho, visitar o Café Franc era como visitar um zoológico.

Mas não demorou muito para que eu começasse a perceber que por trás daquelas aparentes diferenças os turistas eram muito parecidos em muitas maneiras. E uma delas em especial, eu achava intrigante.

Nos dias em que a senhora Trinci não estava na cozinha, o preparo da comida era simples. A maior parte das refeições consistia de arroz ou macarrão chinês, guarnecido de legumes, peixe ou até carne, mas, com menos frequência. Era o que acontecia tanto na residência do Dalai Lama como nos mosteiros das redondezas, onde monges noviços mexiam grandes caldeirões de arroz e ensopados de legumes com conchas de cabos tão compridos quanto os de vassoura. Mas, apesar de os ingredientes serem simples, a hora da refeição era uma ocasião de grande alegria e prazer. Os monges comiam devagar, em um silêncio confortável, saboreando cada garfada. Às vezes, alguém comentava sobre o sabor de uma especiaria ou sobre a textura do arroz. Pela expressão em seus rostos, era como se estivessem em uma viagem de descobertas: qual o prazer sensorial que os aguardaria hoje? Qual nuance sutil julgariam diferente ou gratificante?

Uma simples perambulada rua abaixo até o Café Franc e estaríamos em um universo inteiramente diferente. Do alto da minha prateleira na estante das revistas, podia ver diretamente através do painel de vidro da porta da cozinha. Desde muito antes do amanhecer, dois meninos nepaleses, Jigme e Ngawang Dragpa, já trabalham duro na cozinha, assando *croissants*, *pain au chocolat*, e todo o tipo de bolos e pães, franceses, italianos e árabes.

Quando a *brasserie* abre as portas às 7 da manhã, os irmãos Dragpa servem o café da manhã que inclui vários tipos de ovos — frito, pochê, mexido, cozido, *benedict*, florentino ou omeletes — e também batatas fritas, bacon, linguiças, champignon, tomates e torradas francesas, sem falar do bufê de *müesli* e cereais e dos sucos de frutas, acompanhado de uma grande variedade de chás e cafés preparados pelos baristas. Às 11 da manhã, o café da manhã dá lugar ao almoço, que exige um menu inteiramente novo e de maior complexidade, o qual, na hora certa, é substituído por uma diversidade de pratos ainda mais ampla para o jantar.

Nunca havia visto uma variedade tão grande de comida, preparada de acordo com padrões tão exigentes, com ingredientes de todos os continentes. A grande quantidade de frascos de especiarias na cozinha do mosteiro parecia minúscula quando comparada às múltiplas prateleiras de temperos, molhos, condimentos e aromas da cozinha do Café Franc.

Se os monges da colina eram capazes de encontrar tamanho prazer na comida mais simples, certamente a deleitável culinária que era oferecida no Café Franc seria razão de um êxtase quase inimaginável, de arrepiar o pelo, enroscar as garras e de fazer tremer o bigode.

Mas na verdade não.

Depois de algumas garfadas, a maioria dos fregueses do Café Franc mal notava a comida ou o café. Apesar da preparação elaborada, pela qual pagavam um preço alto, eles praticamente ignoravam a comida, muitos ocupados conversando, mandando mensagens aos amigos e parentes, lendo um dos jornais internacionais que Franc buscava diariamente nos Correios.

Achava aquilo desconcertante. Era como se eles não soubessem como comer.

Muitos desses turistas se hospedavam em hotéis que ofereciam máquinas de fazer café e chá no quarto. Se quisessem beber uma xícara de café sem realmente viver a experiência de tomar um café, por que não o faziam de graça no hotel? Por que pagar três dólares para não tomar uma xícara de café no Café Franc?

Foram os dois assistentes de Sua Santidade que me fizeram entender o que estava acontecendo. Sentada no escritório que dividiam na manhã seguinte a minha visita ao Café Franc, olhei para cima enquanto Chogyal levantava de sua cadeira.

— Gosto dessa definição de presença mental[8] — disse ele a Tenzin, ao ler um dos muitos manuscritos recebidos toda semana de autores pedindo que Sua Santidade escrevesse o prefácio de seus livros.

---

[8] *Mindfulness*, algumas vezes traduzida como "atenção plena" ou "vigilância". (N. T.)

— Ter presença mental significa permanecer concentrado no presente de forma deliberada e sem julgamentos. Claro e objetivo, não é mesmo?

Tenzin concordou.

— Quer dizer não se deter em pensamentos sobre o passado ou o futuro ou algum tipo de fantasia — considerou Chogyal.

— Eu gosto de uma definição até mais simples, de Sogyal Rinpoche — disse Tenzin, retornando à sua cadeira. — Presença pura.

— Humm — Chogyal refletiu. — Nenhuma agitação mental, nenhuma elaboração de qualquer tipo.

— Exatamente! — confirmou Tenzin. O fundamento de todo contentamento.

Na minha visita seguinte ao Café Franc, após saborear uma generosa porção de salmão escocês defumado com duas camadas de coalhada, posso assegurar que comi esse banquete com a mais intensa, de certa forma barulhenta, presença mental — me acomodei na almofada de lótus entre as últimas edições das revistas de moda e continuei a minha observação da clientela.

Quanto mais observava, mais óbvio ficava: o que faltava era presença mental. Embora estivessem sentados a poucos metros do quartel general do Dalai Lama, no parque temático Budista Tibetano que era o Café Franc, em vez de usufruir do lugar e do momento único, na maior parte do tempo eles estavam muito, muito distantes mentalmente.

Ao me locomover entre o Templo de Jokhand e Café Franc com mais assiduidade, comecei a ver que no alto da colina, se buscava a felicidade cultivando qualidades interiores, começando com a presença mental mas também com coisas como generosidade, igualdade, serenidade e um bom coração. Lá em baixo, se buscava a felicidade com coisas externas — comida de restaurante, férias estimulantes e tecnologia de última geração. Não parecia haver razão alguma, no entanto, para que humanos não pudessem ter os dois: nós gatos sabíamos que dar presença mental ao saborear comidas deliciosas estava entre as maiores felicidades imagináveis!

Um dia, um casal muito interessante apareceu no Café Franc. A princípio, aparentavam ser um casal americano de meia-idade bastante comum, vestindo calças jeans e blusas de moletom. Chegaram ao meio da manhã e Franc, usando sua nova calça jeans preta da Emporio Armani, caminhou até a mesa deles.

— Olá, como vão? Posso ajudá-los? — Franc fez sua pergunta de praxe.

Enquanto Franc tomava nota de seus pedidos, o homem perguntou sobre as pulseiras coloridas em seu braço e Franc começou seu recital, com o qual já estava familiarizada:

— São pulseiras consagradas, um lama lhe dá quando você toma iniciações especiais. A vermelha é da Iniciação de *Kalachakra* que recebi do Dalai Lama em 2008. As azuis são das iniciações de *vajrayana* em Boulder, São Francisco e Nova York, em 2006, 2008 e 2010. Ganhei as amarelas em empoderamentos, Melbourne, Escócia e Goa.

— Muito interessante, — replicou o homem.

— Ah, o *Darma* é minha vida — pronunciou Franc, colocando uma mão teatral sobre o coração e depois inclinando a cabeça em minha direção.

— Viram nossa amiguinha? A gata do Dalai Lama. Está sempre aqui. Conexão Cármica muito próxima com Sua Santidade. Então, inclinando-se para frente, confidenciou ao casal, como fazia uma dúzia de vezes por dia:

— Estamos no coração do Budismo Tibetano. O epicentro absoluto!

Era difícil saber o que o casal achou de Franc. Mas o que os diferenciava dos outros clientes era que quando o café era servido, eles paravam de falar e realmente saboreavam. Não apenas o primeiro gole, o segundo também, o terceiro e os seguintes. Assim como os monges em Jokhang, eles estavam deliberadamente prestando atenção ao presente. Tomando seu café com gosto. Apreciando tudo ao redor. Vivendo a pura presença.

Foi por isso que, quando retomaram a conversa, tive um interesse especial. O que ouvi não deveria ter me surpreendido. O homem, um pesquisador sobre presença mental nos Estados Unidos, comentava com sua mulher um artigo do *Harvard Gazette*.

— Eles fizeram uma pesquisa com um grupo de mais de duas mil pessoas e enviaram, pelo celular, perguntas em intervalos aleatórios durante a semana. Eram sempre as mesmas três perguntas: *O que você está fazendo? Em que está pensando? Você está feliz?* E o que descobriram foi que em quarenta e sete por cento do tempo, as pessoas não estavam pensando no que estavam fazendo.

Sua mulher levantou as sobrancelhas.

— Pessoalmente, eu acho que o número está um pouco abaixo. Ele retrucou:

— Na metade das vezes, as pessoas não estão focadas no que estão fazendo. Mas o que é realmente interessante é a correlação com a felicidade. Eles descobriram que as pessoas

são muito mais felizes quando dedicam presença mental ao que estão fazendo.
— Por que só prestam atenção naquilo que gostam? — perguntou a mulher.
Ele assentiu com a cabeça.
— É exatamente isso. Na verdade não é só o que você está fazendo que o torna feliz. Mas, se você dedica ou não presença mental ao que está fazendo. O importante é estar no estado direto, lidando com o aqui e o agora. Não apenas narrando o que acontece — ele girou seu dedo indicador do lado de sua têmpora — o que significa pensar em qualquer coisa, menos no que você está fazendo.
— É isso que os budistas sempre disseram, concordou sua mulher. — Ele assentiu:
— Só que, às vezes, esses conceitos são mal interpretados. Encontramos pessoas como o dono desse restaurante, que usam o Budismo como uma credencial. Para elas, é uma extensão de seu ego, uma maneira de se apresentar como sendo diferentes ou especiais. Elas parecem achar que tudo o que importa são os adornos externos, enquanto o que na verdade importa é a transformação interior.

Poucas semanas depois, eu estava tirando uma soneca depois do almoço na prateleira de cima quando acordei com um rosto que era tão familiar quanto fora de contexto. Tenzin estava no meio do Café Franc, olhando diretamente para mim.
— Você notou nossa bela visitante? — Franc lançou um olhar na minha direção.
— Ah, sim. Muito bonita. — Com seu terno de corte fino, o diplomático Tenzin nada mencionou.

— A gata do Dalai Lama.
— Verdade?
— Vem aqui todo dia.
— Impressionante! — O aroma peculiar dos dedos de Tenzin se misturaram com a forte essência da loção Kouros quando ele acariciou meu queixo.
— Ela tem uma ligação cármica muito próxima de Sua Santidade. Franc disse ao braço direito de Sua Santidade.
— Tenho certeza de que está certo. -Tenzin ponderou, antes de fazer uma pergunta sobre a qual Franc não havia refletido:
— Será que sentem falta dela lá no Templo quando ela está aqui?
— Duvido muito. — Franc respondeu calmamente.
— Mas, se a achassem aqui, logo veriam o quanto ela é bem tratada.
— Essa almofada é bem confortável.
— Não apenas a almofada, meu caro. O que ela gosta mesmo é do almoço.
— Ela tem muita fome?
— Gosta muito da comida. Ama a comida dela.
— Talvez ela não coma o suficiente em Jokhang? — Tenzin sugeriu.
— Estou certo de que não é isso. É que Rinpoche tem gostos requintados.
— Rinpoche? -Tenzin fez uma cara engraçada.
— É o nome dela. — Franc havia pronunciado esse nome tantas vezes que agora realmente acreditava nisso.
— E você entende por que, não entende?
— Como o Darma nos diz — a resposta de Tenzin foi enigmática — tudo depende da mente.

De volta em casa alguns dias depois, Tenzin estava sentado do outro lado de Sua Santidade no escritório. Era uma espécie de ritual depois de um dia de trabalho — Tenzin informava Sua Santidade sobre os assuntos do dia e os dois conversavam sobre o que precisava ser feito, enquanto bebiam xícaras de chá verde.

Estava no meu parapeito de costume, vendo o sol escorregar horizonte abaixo e não prestava muita atenção à conversa, que geralmente, variava desde geopolítica mundial até os pontos mais específicos da filosofia esotérica budista.

— Ah, Sua Santidade, falando de assuntos mais importantes — Tenzin fechou o arquivo das Nações Unidas à sua frente — tenho o prazer de lhe dizer que desvendei o mistério sobre o distúrbio alimentar de GSS.

Um brilho surgiu nos olhos do Dalai Lama ao ouvir a novidade de Tenzin:

— Por favor — ele recostou em sua cadeira — prossiga.

— Parece que nossa pequena Leoa da Neve não está realmente perdendo seu apetite. Em vez disso, está descendo a rua até o restaurante do nosso amigo budista-fashion.

— Restaurante?

— Lá embaixo, gesticulou. Com guarda-sóis vermelhos e amarelos do lado de fora.

— Ah, sim. Conheço o lugar. Sua Santidade balançou a cabeça. Ouvi dizer que eles têm uma comida muito boa. Estou surpreso por ela não ter se mudado para lá.

— Ao que parece, o dono gosta muito de cães.

— É mesmo?

— Ele tem um de raça diferente.

— Mas também alimenta nossa pequena?

— Ele a reverencia porque sabe que ela mora com o senhor.

Sua Santidade deu uma risada.

— E não é só isso, ele a chama de Rinpoche.

— *Rinpoche?* — Foi demais para Dalai Lama, que explodiu em uma gargalhada.

— Sim — disse Tenzin, quando os dois se viraram para me olhar. Nome engraçado para uma gata.

Uma brisa de fim de tarde trouxe o cheiro do pinheiro do Himalaia através da janela.

Sua Santidade estava pensativo.

— Mas talvez não seja um nome tão ruim, se ela ajudou o dono do restaurante a desenvolver a serenidade entre cães e gatos. Para ele, ela é preciosa.

Ele levantou de sua cadeira e veio me acariciar.

— Sabe Tenzin, às vezes estou trabalhando na minha mesa por muito tempo e nossa Leoa da Neve vem e se esfrega nas minhas pernas. Outras vezes — ele sorriu — ela até morde meu tornozelo até que eu pare o que estou fazendo. Ela quer que eu a pegue, diga olá e passe alguns minutos com ela, só nós dois.

— Para mim — continuou — ela é uma bela lembrança para aproveitar o momento, aqui e agora. O que poderia ser mais precioso? Então, eu suponho — olhou para mim com aquele amor oceânico — que ela é minha Rinpoche também.

Capítulo quatro

O dia parecia nublado e pouco promissor quando saí do escritório do Dalai Lama e me dirigi à sala dos assistentes. Chogyal e Tenzin tinham saído, mas havia alguém ali.

Enrolado em uma cesta de vime, perto do aquecedor, lá estava um Lhasa Apso.

Para aqueles que não conhecem a raça, Lhasa Apsos são cães pequenos, de pelo longo, que no passado ajudavam a guardar os mosteiros do Tibete. Os tibetanos têm um carinho especial por eles, tanto que, às vezes, do meu parapeito vejo visitantes lá embaixo andando pelo templo com seus cães, um ritual auspicioso que acreditam ajudar a atingir o renascimento mais elevado. Mas, encontrar um deles tão perto do meu santuário foi uma surpresa indesejada.

Ele estava dormindo quando entrei no escritório. Levantou seu nariz e farejou o ar antes de decidir não se arriscar e enterrar sua cabeça peluda novamente no cesto. No que diz respeito a mim, passei por ele sem sequer reconhecer sua presença, pulei na mesa de Chogyal e de lá para minha plataforma de observação preferida no alto do arquivo de madeira.

Minutos mais tarde, Chogyal retornou. Abaixou-se para fazer carinho no cãozinho e falou com ele no tom de voz familiar e agradável que eu sempre achei que fosse apenas para mim. Meu pelo se eriçou à medida que a traição aumentava. Indiferente à minha presença, Chogyal ficou um bom tempo acariciando a besta — que parecia um espécime muito esquálido — elogiando sua aparência, seu temperamento encantador e falando do carinho especial que lhe daria. As mesmas palavras que geralmente sussurrava em meu ouvido e que eu sempre imaginei serem sinceras.

Ouvi-lo repetir tais palavras para o intruso com olhos opacos e pelo sem brilho me fez perceber que longe de serem exclusivas, elas eram apenas frases prontas que ele repetia para qualquer criatura com quatro patas e uma cara peluda.

Isso era demais para nossa relação especial!

Chogyal voltou à sua mesa, começou a digitar em seu computador, sem perceber que eu estava a alguns metros de distância e tinha presenciado tudo. Quando Tenzin chegou mais ou menos 20 minutos mais tarde, também chamou o cão pelo nome — Kyi Kyi, pronunciado com um longo "i".

Achei difícil acreditar que os dois pudessem ficar lá sentados lendo e respondendo e-mails como se nada fora do normal estivesse acontecendo. As coisas pioraram quando o tradutor de Dalai Lama chegou com um novo manuscrito finalizado debaixo do braço. Lobsang era alto, magro e jovem, e a tranquilidade parecia transpirar de cada poro de seu corpo. Eu acreditava ser sua favorita, mas ele também se curvou para acariciar o recém-chegado antes de cruzar o recinto para me saudar.

— E como vai nossa pequena Leoa da Neve hoje? Começou a fazer cócegas debaixo do meu queixo antes que eu prendesse seus dedos entre meus dentes.

— Eu não percebi que ela já tinha conhecido nosso hóspede especial, Chogyal disse, olhando para mim com seu sorriso habitual, como se eu devesse estar tão satisfeita quanto ele.

— Ele não é necessariamente o convidado especial *dela* — observou Tenzin. Ao se virar para olhar para mim, acrescentou:

— Mas, espero que você possa achar um lugar em seu coração para Kyi Kyi.

Com os olhos negros de raiva, soltei a mão do Lobsang e desci para a mesa, depois para o chão, e saí do escritório, com as orelhas para trás. Não acho que os três assistentes do Dalai Lama notaram.

Na hora do almoço, observei Chogyal passeando com o cão. O animal trotava obedientemente enquanto davam a volta no templo, houve muitas paradas e carícias dos tibetanos ao entrarem e sairem do templo.

Na cozinha, Chogyal nos alimentava no horário de costume. Mas era difícil evitar a comparação entre a grande quantidade de comida no prato de Kyi Kyi e a minha porção modesta. Ou o fato de que Chogyal ficava observando o cachorro enquanto devorava sua comida, fazendo um grande estardalhaço e lhe dando tapinhas de recompensa quando terminava e nem prestava atenção em mim.

Quando esbarramos com Sua Santidade no corredor mais tarde, ele também se curvou para falar com o cão:

— Então esse é o Kyi Kyi? — confirmou, acariciando-o com afeto demais para o meu gosto.

— Que cãozinho lindo!

Estavam lhe dando tanta importância que você pode até achar que nunca tivessem visto um Lhasa Apso antes! Apesar de tanta conversa, nenhuma das minhas perguntas foi respondida — o que o cachorro estava fazendo lá? Quanto tempo ficaria?

Eu tinha grandes esperanças de que o Dalai Lama não estivesse planejando adotá-lo. Não havia espaço nessa relação para nós três.

Mas no dia seguinte quando saí Kyi kyi estava novamente em sua cesta.

E nos dias que se seguiram.

Foi por isso que a chegada de outro visitante um pouco mais poderoso naquela semana foi uma distração muito bem-vinda.

Todos em Mcleod Ganj sabiam que alguém especial estava chegando quando o imenso Range Rover preto subiu imponente a colina para o templo de Jokhang. Moradores e turistas olhavam fixamente aquela aparição enorme, reluzente e cara, tão fora de sintonia com o local que mais parecia ter se materializado de outro planeta. Quem exatamente estava por trás daqueles vidros escuros? O que é preciso fazer para ser transportado de maneira tão secreta e extravagante?

Uma pergunta que não precisava ser feita, obviamente, era quem esse visitante queria ver. E, é claro, o Range Rover acabou se direcionando lentamente para os portões que o levariam à residência da *Rinpoche*, a *Bodhigata*, a Leoa da Neve do templo de Jokhang, A Mais Bela Criatura Que Já Existiu — e do seu companheiro humano.

Reconheci o visitante no momento em que ele entrou na sala de Sua Santidade. Afinal, ele era um dos primeiros gurus de autoajuda a tornar-se um dos mais conhecidos do mundo. Seu rosto estava estampado nas capas de milhões de livros e DVDs. Percorrera capitais do mundo inteiro, falando para multidões nos maiores locais de eventos das grandes cidades. Era seguido por personalidades de Hollywood, conhecera presidentes americanos, e aparecia regularmente nos principais programas de entrevistas.

Entretanto, meu mais profundo senso de discrição me impede de contar quem ele era — principalmente à luz das revelações bombásticas que ele estava prestes a fazer, e que, certamente, não tinham a intenção de atingir um público maior. No momento em que entrou pela porta, foi possível perceber sua presença controladora. Era como se o simples fato de estar ali obrigasse o resto de nós a olhar para ele.

Certamente, o Dalai Lama também possui uma presença poderosa — mas de natureza completamente diferente. No caso de Sua Santidade, não se trata de uma presença pessoal, mas sim de um encontro com a Bondade. Desde o primeiro momento na presença dele, ficamos absortos em um estado de ser no qual todos os nossos pensamentos e preocupações corriqueiras desaparecem na irrelevância, e, curiosamente, nos *lembramos* de que nossa própria natureza essencial é feita de amor ilimitado e, sendo assim, tudo está bem.

Nosso convidado — vamos chamá-lo de Jack — entrou na sala a passos largos, presenteou Sua Santidade com uma echarpe, como manda a tradição, e logo estava sentado ao seu lado na poltrona reservada para visitantes. Esses eram os mesmos gestos feitos pela maioria dos visitantes, mas, o modo como Jack os executava, conferia a eles um ar mais poderoso, como se cada palavra, cada gesto estivesse imbuído de significado. A conversa dos dois começou com amenidades, então Jack entregou a cópia do seu novo livro à Sua Santidade. As histórias sobre sua turnê pelo mundo no ano anterior eram hipnotizantes. Era fácil imaginar o carisma de Jack na tela do cinema enquanto ele descrevia sua participação em um filme.

Mas, depois de dez minutos, a conversa deu lugar ao silêncio. Sua Santidade sentou-se em sua cadeira, relaxado, atento, com um sorriso gentil no rosto. Parecia que, mesmo com toda sua poderosa autoconfiança, estava sendo difícil para Jack chegar ao motivo real de sua visita. Por fim, ele começou a falar novamente. Mas, enquanto falava, algo de extraordinário começava a acontecer.

— Sua Santidade, como o Senhor sabe, trabalho com desenvolvimento pessoal por mais de 20 anos. Ajudei milhões de pessoas no mundo todo a encontrar suas paixões, realizar seus sonhos e ter uma vida de sucesso e abundância. As palavras saíam sem esforço, mas algo se tornava diferente nele à medida que falava. Algo difícil de identificar.

— Ajudei pessoas a encontrar satisfação em todos os aspectos de suas vidas, não apenas material — Jack continuou. — Dei a elas motivação para desenvolverem seus talentos individuais e suas habilidades. A criar relacionamentos bem-sucedidos.

A cada frase, ele parecia perder pouco a pouco sua polidez. Foi diminuindo, quase que fisicamente, em sua cadeira.

— Criei a maior empresa de desenvolvimento pessoal dos Estados Unidos, possivelmente do mundo. — Disse isso como se admitisse um fracasso.

— Durante esse processo, me tornei um homem muito bem-sucedido e muito rico.

Essa última frase teve o maior impacto de todas. Ao dar voz à realização de tudo o que tinha a intenção de alcançar, ele também parecia estar confessando o quanto aquilo pouco lhe servira. Ele se inclinou para frente, seus ombros caídos e cotovelos nos joelhos. Parecia triste. Quando levantou o olhar para Sua Santidade, sua expressão era de súplica.

— Mas não está funcionando para mim.

Sua Santidade fitou-o com empatia.

— Em nossa última turnê mundial, ganhei 250 mil dólares por noite. Lotamos os maiores espaços de convenções da América. Mas nunca antes havia me sentido tão vazio. Motivar as pessoas a serem ricas e bem-sucedidas e a conseguirem um bom relacionamento de repente me pareceu tão sem sentido. Pode ser que isso já tenha sido um sonho meu, mas não é mais.

— Fui para casa e disse a todos que precisava de um tempo. Parei de trabalhar. Deixei a barba crescer. Passei muito tempo em casa lendo e cuidando do jardim. Bree, minha mulher, não gostou daquilo. Ela ainda queria passar fins de semana com celebridades, ir a festas e aparecer nas páginas da coluna social. No começo, ela pensou que eu pudesse estar tendo uma crise de meia-idade. Mas aí as coisas pioraram. Nosso relacionamento foi ficando cada vez pior, até que ela pediu o divórcio. Isso foi há três meses. Agora, estou tão confuso que não sei o que fazer.

— E sabe o que é pior? Na verdade, me sinto mal por estar mal. Todo mundo acredita que estou vivendo o meu sonho. Imaginam que minha vida é completamente realizada e feliz. Eu os encorajei a pensar assim, porque realmente acreditava nisso. Mas estava errado. Não é verdade. Nunca foi.

A autoridade controladora havia desaparecido, o carisma havia se dissolvido, deixando apenas um homem triste e machucado. Era impossível não sentir pena dele. A diferença entre o personagem que ele projetou e o homem que estava sendo revelado não poderia ter sido maior. Visto de fora, sua fortuna, sua fama e o *status* de guru pode parecer equipá-lo para lidar com os problemas da vida muito melhor que a maioria de nós. Mas na verdade, o contrário agora parecia verdadeiro.

Sua Santidade inclinou-se para frente em sua cadeira.

— Lamento que o que você está enfrentando seja tão doloroso. Porém, há outra maneira de enxergar a situação. O que você está passando agora é muito útil. Talvez mais tarde você veja isso como a melhor coisa que já lhe aconteceu. A insatisfação com o mundo material é — como é mesmo que se diz? — "vital para o desenvolvimento espiritual", não é assim?

A noção de que sua atual infelicidade era de alguma forma útil pegou Jack de surpresa. Mas a resposta de Dalai Lama também o perturbou.

— O Senhor não está dizendo que há algo errado com a riqueza, está?

— Oh, não — disse Sua Santidade. A riqueza é uma forma de poder, uma energia. Pode ser mais benéfica quando usada para o bem. Mas, como você pode ver, não é a verdadeira causa da felicidade. Algumas das pessoas mais felizes que conheço têm muito pouco dinheiro.

— E a concretização dos nossos sonhos pessoais? — Jack retomou mais uma de suas crenças anteriores. — O Senhor está dizendo que isso também não leva à felicidade?

Dalai Lama sorriu.

— Todos nós temos nossas predisposições. Alguns pontos fortes. Cultivar essas habilidades pode ser muito útil. Mas, da mesma forma que o dinheiro, o que importa não são as habilidades, mas como as utilizamos.

— E o romance, o amor? — Agora, Jack estava raspando o fundo do barril da sua antiga crença, seu próprio ceticismo veio à tona.

— Você tem um relacionamento feliz com sua mulher há muito tempo?

— Dezoito anos.

— Então — Sua Santidade virou as palmas da mão para cima — mudança. Impermanência. É a natureza de todas as coisas, especialmente dos relacionamentos. Eles certamente não são a verdadeira causa da felicidade.

— Quando o Senhor se refere à "verdadeira causa", o que quer dizer?

— Uma causa na qual se pode confiar. Uma que sempre funciona. O calor quando aplicado à água é uma causa verdadeira de vapor. Não importa quem o aplica, ou como ele vai ser aplicado, o resultado é sempre vapor. No caso do dinheiro, do *status* ou do relacionamento — Sua Santidade sorriu — podemos ver claramente que não são causas verdadeiras da felicidade.

Enquanto a verdade evidente do que o Dalai Lama acabara de dizer era confirmada pela própria experiência de Jack, a simplicidade e a clareza de suas palavras pareciam ter assustado nosso visitante.

— E pensar que todos esses anos eu venho pregando o Evangelho do Desenvolvimento Pessoal, mas entendi tudo errado.

— Não seja tão duro consigo mesmo — disse Sua Santidade. Se você ajuda as pessoas a levarem uma vida mais positiva, que beneficia também aos demais, isso é uma coisa boa. Muito boa. O perigo é que esse desenvolvimento pessoal pode nos levar a mais autocentramento, ensimesmamento, à vaidade. Essas não são as verdadeiras causas da felicidade, mas o oposto.

Jack parou um momento para processar a próxima pergunta:

— Então, as verdadeiras causas da felicidade. Nós mesmos temos que descobrir quais são ou há princípios básicos? Devemos virar as costas ao mundo material?

Ele não conseguiu dizer mais nada antes de o Dalai Lama começar a gargalhar.

— Ah, não! Se tornar um monge não é uma causa verdadeira da felicidade também!

A seguir, assumindo uma expressão mais séria, continuou:

— Cada um de nós precisa encontrar nossos métodos pessoais de cultivar a felicidade, mas *há* princípios gerais. Duas importantes causas da felicidade: primeiro, o desejo de fazer o outro feliz, o que os budistas definem como amor, e a segunda, o desejo de libertar o outro do descontentamento ou do sofrimento, que definimos como compaixão.

— A mudança principal, como você vê, é substituir o *eu* no centro de nossos pensamentos pelo *outro*. É — como vocês dizem? — um paradoxo que quanto mais pudermos focar nossos pensamentos no bem-estar do outro, mais felizes ficamos. O primeiro a se beneficiar é você mesmo. Eu chamo isso de ser egoísta com sabedoria.

— Uma filosofia interessante, ponderou Jack. Egoísmo com sabedoria.

— Deveríamos testar esses princípios usando nossa própria experiência para ver se são realmente verdadeiros. Por exemplo, pense nas vezes em que experimentou um grande contentamento. Talvez descubra que estava pensando em outra pessoa. Então compare. Pense nos momentos de grande infelicidade, de raiva. Em quem estava pensando naquele momento?

Nosso visitante refletia sobre o que acabara de escutar quando Sua Santidade continuou:

— A pesquisa científica nos ajuda muito. Testes de ressonância magnética foram feitos em praticantes de meditação enquanto pensavam em várias coisas. Achamos que os praticantes são mais felizes quando suas mentes estão completamente calmas e relaxadas. Mas o córtex prefrontal, a parte ligada à emoção positiva, se ilumina quando as pessoas meditam pensando na felicidade dos outros. Portanto, quanto mais outro-centrados formos, mais felizes poderemos ser.

Jack concordava com a cabeça.

— Desenvolvimento Pessoal nos leva apenas até certo ponto. Daí em diante é preciso que haja o Desenvolvimento do Outro.

O Dalai Lama uniu as mãos e abriu um sorriso.

— Exatamente.

Jack fez uma pausa antes de dizer:

— Agora entendo porque o Senhor disse que algo de útil pode vir com essa experiência.

— Há uma história, uma metáfora, que talvez você possa achar útil — disse Sua Santidade. — Um homem chega em casa e vê que despejaram em seu jardim um monte de esterco de ovelha. Ele não encomendou o esterco. Ele não quer aquilo. Mas de qualquer maneira, lá está o esterco, sua única opção agora é decidir o que fazer com ele. Ele poderia colocar um pouco no bolso e andar o dia todo reclamando com todos sobre o que aconteceu. Mas, se fizer isso, depois de um tempo as pessoas vão começar a evitá-lo. *Melhor* seria se espalhasse o esterco pelo jardim.

— Todos nós enfrentamos a mesma escolha ao lidarmos com problemas. Não pedimos por eles. Não os queremos. Mas a maneira com a qual lidamos com os problemas é o mais importante. Se formos sábios, os maiores problemas podem nos levar às maiores descobertas.

Mais tarde naquele dia, em meu lugar costumeiro na sala dos assistentes, lembrei-me da chegada de Jack naquela manhã. O modo como sua presença poderosa encheu a sala assim que cruzou a porta ainda me causava espanto — e o quanto ele parecia estar diferente enquanto contava ao Dalai Lama como realmente se sentia. A diferença entre aparência e realidade não poderia ter sido mais acentuada. Eu também refleti sobre o conselho de Sua Santidade sobre como lidar com os problemas na vida. Nós nunca pedimos por problemas, mas a maneira como lidamos com eles define a nossa felicidade ou infelicidade futura.

Perto do fim da tarde, o motorista de Dalai Lama apareceu no escritório. Sua última visita fora há mais de uma semana, e ele imediatamente percebeu a presença do Lhasa Apso enrolado em sua cesta.

— Quem é esse? Perguntou o motorista a Chogyal, que estava arrumando sua mesa ao fim de mais um dia de trabalho.

— Apenas alguém de quem estamos cuidando até encontrarmos um lar para ele.

— Outro refugiado tibetano? O motorista soltou uma piadinha, ao inclinar-se para frente para acariciar o cão.

— Mais ou menos, disse Chogyal. Ele pertencia aos vizinhos do meu primo em Dharamsala. Ficaram com o cão apenas algumas semanas. Meu primo escutava latidos vindos do quintal dos vizinhos. Então, há mais ou menos uma semana, durante a noite, meu primo escutou o cachorro latir de dentro da casa. Ele deu a volta e bateu na porta. Ninguém atendeu, mas os latidos pararam. Na noite seguinte, a mesma coisa. Ele começou a questionar o que estava acontecendo. Parecia que os vizinhos não estavam cuidando bem do cachorro.

O motorista balançou a cabeça.

— Dois dias depois, meu primo por acaso mencionou o acontecido para o vizinho do outro lado da rua, que contou a ele que os donos do cachorro haviam se mudado no fim de semana anterior. Levaram tudo, sogra, periquito e papagaio.

— E abandonaram o cachorrinho? Perguntou o motorista.

Chogyal assentiu.

— Meu primo deu a volta e invadiu a casa. Encontrou Kyi Kyi preso a uma pesada corrente na cozinha, praticamente morto. Foi uma visão lamentável. Sem comida, sem água. Ele levou o cachorro para casa imediatamente e conseguiu que ele bebesse um pouco de água e depois comesse alguma coisa. Mas meu primo não pôde ficar com ele, porque é solteiro e quase não fica em casa. Então — Chogyal encolheu os ombros — sem ter para onde ir, ele veio para nós.

Foi a primeira vez que escutei a história de Kyi Kyi, e não posso fingir, querido leitor: fiquei tocada com o relato. Lembrei-me dos ciúmes que senti de Kyi Kyi assim que ele chegou, de como fiquei ressentida da afeição que Chogyal dispensava a ele e da comida que oferecia. Mas também me lembrei de como o cachorro ficou acuado, e da péssima condição do seu pelo. Se eu tivesse conhecido a história toda, eu também teria sentido pena dele.

— Parece que vocês abriram um abrigo de animais, comentou o motorista de Sua Santidade. Como é que *Mousie--Tung* reagiu ao novo órfão?

Meus bigodes se contraíram com irritação. O motorista de Sua Santidade sempre me pareceu um pouco rude. Por que insistia em me chamar daquele nome horrendo?

— Ah, acho que ela ainda está decidindo o que pensar dele.

Chogyal lançou-me um olhar enquanto fazia sua avaliação tipicamente generosa.

— Decidindo? — Caminhando até o armário, o motorista estendeu a mão para me acariciar. — Neste caso, ela é uma gata muito sábia. A maioria de nós julga os outros somente pela aparência.

— E como todos nós sabemos — Chogyal fechou sua maleta —, as aparências enganam.

Na manhã seguinte, enquanto visitava a sala dos assistentes, avistei Kyi Kyi em seu cesto, ao invés de ignorá-lo completamente, caminhei até ele e o farejei hesitantemente. Kyi Kyi retribuiu da mesma forma, antes de inclinar sua cabeça e me dar uma boa olhada. Com esse momento de comunicação, alcançamos um entendimento de espécies.

Contudo, não subi em sua cesta e nem deixei que lambesse meu rosto.

Não sou esse tipo de gata. E esse não é esse tipo de livro. Mas parei de invejar Kyi Kyi. Chogyal podia passear com ele, alimentá-lo e sussurrar palavras doces para ele o quanto quisesse, que não iria me incomodar nem um pouco. Eu sabia que por trás daquela aparência havia outra realidade. Assim como estava descobrindo, até mesmo as mais fortes primeiras impressões podem mascarar uma verdade muito diferente.

Também descobri que me sentia muito mais feliz não sendo ciumenta. Inveja e ressentimento eram emoções exigentes que perturbavam minha própria paz de espírito. Para o meu próprio bem, não havia sentido ficar me consumindo com sentimentos infelizes e irracionais.

Em menos de seis meses, Sua Santidade recebeu uma carta escrita no imponente papel timbrado do Instituto para o Desenvolvimento do Outro criado por Jack. Depois de sua visita ao templo de Jokhang, ele deixou o comando da sua empresa de Desenvolvimento Pessoal nas mãos de um amigo e criou o instituto para o Desenvolvimento do Outro. A ideia era encorajar o maior número de pessoas possível a dedicar seu tempo, dinheiro e habilidades de trabalho social para causas nobres. A princípio, a ideia de Jack era escolher essas causas. Mas, de acordo com o espírito do Instituto do Desenvolvimento do Outro, acabou por deixar que as outras pessoas escolhessem as organizações que queriam ajudar.

Em poucos meses, mais de dez mil pessoas se cadastraram como membros, e mais de três milhões de dólares tinham sido arrecadados para uma grande variedade de instituições de caridade do mundo inteiro. O grande número de contribuições, disse Jack, era empolgante, encorajador e otimista. Ele nunca se sentira mais feliz e realizado em sua vida.

Será que Sua Santidade consideraria a possibilidade de ir à conferência de inauguração no fim do ano, talvez para fazer uma referência às verdadeiras causas da felicidade?

Ao ler a carta de Jack para Chogyal, podia-se notar uma emoção incomum em sua voz.

— Apesar de trabalhar aqui há mais de 20 anos, ainda me surpreendo. Quando as pessoas permitem que o bem-estar dos *outros* se torne sua motivação, os resultados são simplesmente...

— Incomensuráveis? — sugeriu Chogyal.

— Sim. Exatamente.

Capítulo cinco

É fácil viver como a companheira anônima de uma celebridade mundial? Algumas pessoas acreditam que os companheiros desconhecidos de muitas pessoas famosas devem se sentir constantemente ignorados e subestimados, como as galinhas poedeiras de galos maravilhosos. Ao mesmo tempo em que o galo recebe toda a atenção devido à sua plumagem lustrosa e arpejos magníficos ao amanhecer, não seria compreensível se a galinha, às vezes, ansiasse por seu lugar de destaque também?

No caso desta galinha em particular, não. Dentro do meu pequeno mundo no templo de Jokhang, sou tão famosa quanto é possível. No Café Franc sou venerada como uma *rinpoche*! E, enquanto isso, Sua Santidade aparece frequentemente na TV, vive sendo fotografado e tem microfones enfiados em seu rosto de manhã, à tarde e à noite. Precisa responder a perguntas incessantes de jornalistas, pedindo explicações elementares sobre o budismo — como um professor de física aplicada recitando as tabuadas de multiplicação. O fato de o Dalai Lama conseguir fazer isso com calor humano espontâneo e muito senso de humor revela algo não só sobre suas qualidades pessoais, mas também sobre o valor das práticas budistas — sobretudo, a perfeição da paciência!

A razão pela qual sou tão *gategórica* — me desculpe o trocadilho — em não querer ser famosa é que tenho recebido muita atenção da mídia. Isso pode surpreendê-lo. Por que, você pode estar se perguntando, ainda não vi a foto da gata do Dalai Lama nas páginas da *Vanity Fair*, fotografada talvez pelo grande Patrick Demarchelier? Nem limpando seus bigodes com orgulho ou andando por aí como uma gata de botas cinza que caminha com uma despreocupação estudada, ao convidar a chique revista de variedades para descobrir os prazeres de seu suntuoso quarto himalaio? Lamento admitir que a atenção que recebi da mídia não foi da luxuosa revista de variedades. Fotografada? Sim. Páginas de celebridades? Lamentavelmente, não.

Tudo começou em uma manhã de primavera quando Sua Santidade levantou para sua meditação uma hora mais cedo do que o habitual e se preparou para sair. Mudanças em sua rotina não são raras — ele geralmente tem de fazer viagens ou comandar cerimônias. Mas naquela manhã, embora seus dois assistentes tivessem chegado cedo para trabalhar, não havia sinal do seu motorista. Percebi que Sua Santidade não poderia ir muito longe. Ao ouvir os cânticos no pátio, notei também que ele não participaria dos costumeiros rituais matinais do templo. Quando o chefe de protocolo começou a checar a segurança, o estacionamento e outros preparativos, ficou claro que estávamos esperando visitantes. Quem poderia ser?

Carros de jornalistas e equipes de TV de vários canais começaram a chegar. Eles foram guiados por uma passagem que levava para trás do templo numa área de floresta. Em seguida surgiram notícias de que o carro que trazia o visitante de Sua Santidade estava chegando. Sua Santidade desceu, seguido por Tenzin e Chogyal, com Kyi Kyi na coleira ao lado deles. Curiosa em saber o que estava acontecendo, juntei-me a eles.

No caminho, ouvi algumas informações sobre a visitante:

— Campanha de Libertação do Tibete; Ordem do Império Britânico. Sua filantropia fora mencionada, como também o fato de que ela mantinha um estilo de vida simples, dividindo seu tempo entre casas em Londres e na Escócia.

No exato momento que o Dalai Lama chegou ao lado de fora, sua visitante apareceu. Uma senhora loira elegante, com cabelo até os ombros e traços marcantes que não estava vestida com o modelito de roupas formais que a maioria dos visitantes do Dalai Lama usa, mas sim com uma jaqueta anorak, calça cáqui, e botas de caminhada.

Agora, querido leitor, como você já me conhece, deve saber que eu não divulgo a identidade dos visitantes de Sua Santidade. Digamos apenas que essa era uma atriz britânica muito famosa que já participou de várias produções para televisão e peças teatrais e apoia muitas causas valorosas.

Depois dos cumprimentos tradicionais, o Dalai Lama e sua visitante começaram a caminhar em direção à floresta. Fui atrás, e o restante da comitiva vinha logo em seguida.

— Sou muito grata pelo seu apoio à nossa causa, a atriz disse.

— A destruição das florestas é um assunto que deve preocupar a todos nós — respondeu o Dalai Lama. — Fico feliz em ajudar.

A dama inglesa falou sobre a importância das florestas como os "pulmões" do planeta, essenciais para a conversão de dióxido de carbono em oxigênio. As florestas estão sendo drasticamente reduzidas em tamanho todos os dias para dar lugar às plantações de milho e azeite de dendê, salientou, causando a erosão do solo e a poluição de fontes de água essenciais, assim como a perda da biodiversidade. Muitas espécies, como o orangotango, agora estão ameaçadas, explicou, porque sobraram poucos lugares para eles habitarem.

— Salvar as florestas não é só uma questão de dinheiro. Tem de haver também conscientização e educação. Precisamos motivar o maior número de pessoas a agir ou, no mínimo, a apoiar a ideia de reflorestamento. Por ser conhecido e respeitado, com sua participação o senhor nos ajudará a transmitir a mensagem.

Sua Santidade segurou sua mão e disse:

— Juntos, podemos combinar nossas ações para alcançar os melhores resultados. Você tem sido muito, muito generosa ao apoiar grande parte dessa campanha pessoalmente. E sua ajuda na campanha de Libertação do Tibete e em outras campanhas de caridade tem sido exemplar.

Ela encolheu os ombros modestamente.

— Só acho que isso é o certo a ser feito.

A essa altura estávamos caminhando por um caminho estreito na floresta. Ao nosso lado, o chão estava coberto por prímula e visgo. Grandes arbustos de rododendros floresciam em formas extravagantes de rosa e vermelho.

— Se nos permitirmos ficar presos demais ao consumismo, corremos o risco de perder tudo isso, disse a atriz, gesticulando ao nosso redor.

Sua Santidade balançou a cabeça concordando.

— Você tem uma motivação muito boa. Dar sem esperar receber algo em troca.

— Ah, não estou preocupada com isso. Tenho sorte de poder dar.

Ao ver que o Dalai Lama dando uma risada, ela olhou para ele intrigada.

— Você não pensa assim?

— Muito privilegiada — Sua Santidade concordou. — Mas sortuda? Talvez não tanto assim. No budismo, seguimos o mesmo princípio do carma, a lei da causa e efeito. Não há efeito, como o sucesso, por exemplo, sem uma causa.

— Há muito tempo sou atriz — admitiu. — Já passei por momentos bem difíceis.

— Coisas como trabalho duro, nós chamamos de condições — disse o Dalai Lama — não causas. Condições são necessárias, certamente, para o carma germinar, assim como uma árvore precisa de terra, umidade e calor para crescer. Mas, sem a causa cármica, sem a semente inicial, não importa o quanto as condições sejam favoráveis, não pode haver efeito.

A atriz estava prestando muita atenção às palavras do Dalai Lama. A conversa tinha tomado um rumo inesperado, como geralmente acontece quando Sua Santidade sente que alguém pode se beneficiar de algum ensinamento.

— Se o trabalho duro é apenas uma condição, então qual é a causa cármica do sucesso? — perguntou.

Sua Santidade olhou para ela com grande benevolência.

— Generosidade. — respondeu ele. — O sucesso que você tem hoje vem de sua generosidade no passado. A generosidade que você pratica agora significa que você terá mais sucesso no futuro.

Estávamos caminhando há alguns minutos — mais longe do que eu jamais havia ido sozinha — quando chegamos a um lugar onde a floresta de repente acaba, dando lugar a um descampado arenoso, com apenas alguns tocos de árvores mortas há muito tempo, o que sobrou do que já fora uma vegetação exuberante.

Sua Santidade e a atriz pararam por um momento. Vários buracos já haviam sido cavados para uma cerimônia de plantio de árvores. Havia mudas de pinheiro ao lado dos buracos e alguns carrinhos de mão cheios de terra. Os jornalistas estavam de prontidão, várias câmeras preparadas na entrada e na saída da área desertificada.

No momento em que as câmeras zuniam e os membros da comitiva chegavam mais perto, senti a necessidade urgente de atender ao chamado da natureza. Por ser uma gata refinada no que diz respeito a certos assuntos, decidi procurar um lugar onde houvesse privacidade e terra macia. Um grande cartaz contendo o logotipo da instituição de caridade da atriz estava exposto ao longo da área onde as fotos seriam tiradas mais tarde. Parecia o local perfeito para me cobrir.

Sem ser notada, me esquivei para detrás do cartaz. Lá, na tranquilidade, descobri fileiras de mudas de pinheiro, exatamente como as que seriam plantadas na cerimônia. Atrás delas avistei o sonho de todo gato — um monte generoso de terra para vaso.

A visão do monte me fez entrar em ação e correr para ele com a alegria de um filhote. Espalhei um pouco a terra ao subir até o topo, apreciando minha descoberta. Uma vez lá em cima, farejei a terra, procurando o lugar perfeito.

Tudo estava calmo e silencioso debaixo do toldo quando me agachei em meditação. O ar da manhã — fresco, com aroma de pinheiro — se abrilhantava com o canto magnífico dos pássaros. Ao longe, podia-se ouvir uma voz — da atriz? — fazendo uma declaração, seguida de vários aplausos.

E então aconteceu. O cartaz e toda minha privacidade caíram por terra. Um momento de drama concebido para promover o projeto de reflorestamento agora estava focado em mim.

Não me entenda mal. Nós gatos não temos pudor. Mas não gostamos de nos exibir — principalmente na frente de toda mídia mundial reunida.

Por um momento o único som a ser ouvido foi o clique das máquinas fotográficas e o zunido da câmeras. Então uma onda de gargalhadas passou pela multidão. Sua Santidade foi um dos primeiros a rir. Depois a atriz disse alguma coisa sobre o solo agora estar fertilizado.

Minha única preocupação, no entanto, era fugir o quanto antes. Desci do monte mais rápido do que havia subido e sumi no meio da vegetação rasteira. Sem parar, retornei ao templo passando pelo pátio até a segurança do meu lar.

Descobri uma maneira de chegar aos aposentos que dividia com o Dalai Lama sem a necessidade de esperar por ninguém para abrir as portas. Entrei pela lavanderia, subi em uma prateleira e passei por um parapeito que levava a uma janela até a sala de jantar. Lá, exausta por causa dos esforços da manhã, me acomodei em uma confortável poltrona e adormeci.

❋

Despertei com o aroma delicioso de filé grelhado, preparado da maneira que apenas uma pessoa poderia fazer. Somente quando levantei minha cabeça foi que percebi que a sala de jantar estava ocupada. Dalai Lama havia retornado para tratar de outros assuntos, mas tinha deixado a atriz e alguns membros da comitiva de reflorestamento aos cuidados de Tenzin e Lobsang, o tradutor, e do assistente do tradutor.

Agora estavam sentados à mesa tomando um farto café da manhã com filé e ovos, enquanto a senhora Trinci os observava, oferecendo mais cogumelos fritos, cebolas empanadas e torradas. Ao me ver acordada, logo voltou com um pequeno prato de porcelana branco e depositou-o no chão, ao meu lado. Nele colocou vários pedacinhos de filé.

Enquanto devorava-se a refeição com prazer, a conversa girava sobre a cerimônia de plantio de árvores, a campanha de reflorestamento e a agenda cheia da atriz até o fim do ano. Então, depois de uma pausa, ela falou:

— Tive uma conversa muito interessante com Dalai Lama sobre carma. Não é um assunto sobre o qual sabemos muito no Ocidente.

Tenzin era fã da atriz desde quando estudava em Oxford, estava adorando a oportunidade de poder conversar com ela.

— Sim, esse conceito sempre me pareceu um pouco estranho. A lei de causa e efeito é o fundamento básico de toda tecnologia ocidental. Nada acontece sem motivo; tudo resulta de outra coisa. Mas assim que alguém se aventura além do imediato, além do âmbito material, os ocidentais começam a falar em sorte, destino ou intervenção divina.

O grupo digeria a informação em silêncio.

— Acredito — continuou Tenzin — que a dificuldade é que o carma não é uma coisa imediatamente aparente. Pode levar tempo até que as causas produzam efeitos. Por causa disso, pode parecer que não há uma relação entre causa e efeito.

— Sim — concordou a atriz. — Sua Santidade dizia que qualquer riqueza ou sucesso que uma pessoa desfruta no presente surge de uma generosidade anterior, não de trabalho árduo, nem de correr riscos, ou tampouco da busca por oportunidades que, na verdade, são as *condições* e não as causas.

— Verdade — ponderou Tenzin. — Para que o carma amadureça, você precisa dos dois — da causa *e* das condições.

— Não é nenhum segredo entre este nosso pequeno grupo, a atriz apontou para seus colegas ativistas — uma coisa curiosa que aconteceu no ano em que fiz uma doação financeira significativa para a campanha de reflorestamento.

Havia sorrisos cúmplices ao redor da mesa.

— Fiz a doação em maio. Então, em dezembro, recebi exatamente a mesma quantidade proveniente de um dividendo que nem tinha previsto. Muitas pessoas disseram que aquilo foi carma.

Todos à mesa riram.

A atriz se virou para Tenzin.

— Essa seria uma interpretação correta?

— Eu posso entender porque as pessoas acham isso, ele respondeu.

— Mas é importante não levar tudo ao pé da letra. O fato de você dar alguma coisa a alguém um dia não significa que você tenha criado a causa para receber exatamente a mesma coisa em outro dia. O carma não funciona como uma contabilidade de crédito e débito, mas como uma energia, uma carga que cresce com o tempo. É por isso que mesmo pequenos atos de generosidade, especialmente quando motivados pelas melhores intenções, podem se tornar causas de maior riqueza no futuro.

A atriz e seus colegas o estudavam atentamente.

— É aí que a coisa fica interessante — Tenzin continuou.
— É que, ao dar, criamos as causas para riquezas futuras e também criamos as condições para o amadurecimento de qualquer carma de riqueza que já possuímos. Trabalho duro e perspicácia nos negócios são condições para a riqueza, assim como a generosidade.

— O que você diz faz sentido — disse a atriz. — Me intriga o fato de Jesus também ter, de certa forma, dito isso: Você colhe aquilo que semeia.

— A noção de carma era amplamente aceita nos primórdios do Cristianismo, concordou Tenzin. Assim como símbolos importantes provenientes do Oriente, como por exemplo, o peixe e a aura — ele apontou para uma tapeçaria onde se via Buda coroado com uma aura azul brilhante — mas, parece-me, que os ensinamentos fundamentais de amar o próximo, ter compaixão e outros similares também devem ter vindo da Velha Rota da Seda dois mil anos atrás.

Os olhares concentrados nos rostos dos visitantes eram interessantes.

— Uma coisa que não entendo, disse a atriz, é onde tudo acontece. Se não há um Deus que decide a quem punir ou recompensar, e nenhum computador cósmico que mantenha um registro, onde isso tudo acontece?

— Esta pergunta vai ao âmago da questão, respondeu Tenzin e continuou:

— Está tudo acontecendo no contínuo de nossas mentes. Nossa experiência da realidade é muito mais subjetiva do que geralmente imaginamos. Não somos simplesmente receptores passivos dos acontecimentos. Projetamos ativamente nossa própria versão da realidade no mundo a nossa volta o tempo todo. Duas pessoas na mesma circunstância terão experiências muito diferentes sobre o que aconteceu. Isso acontece porque possuem carmas diferentes.

— A lei de causa e efeito — Tenzin continuou — diz que passo a passo, podemos criar as causas para vivenciarmos a realidade de modo que resulte em um maior contentamento e abundância, e podemos evitar as causas de infelicidade e falta de recursos. O próprio Buda resumiu da melhor forma quando disse: "O pensamento se manifesta como palavra; a palavra se manifesta como ação; a ação se torna hábito; e o hábito se cristaliza como índole. Então, observe o pensamento e seus desenvolvimentos com cuidado, e deixe que ele nasça do amor que olha por todos os seres... Assim como a sombra segue o corpo, nos tornamos aquilo que pensamos."

Pouco tempo depois, a atriz e sua comitiva se levantaram da mesa, agradecendo a Tenzin e aos outros pela ajuda. Eles estavam pegando suas jaquetas e echarpes quando a atriz olhou para a poltrona na qual eu estava sentada, pernas devidamente dobradas embaixo do corpo.

— Minha nossa! É a gata... você sabe... desta manhã?

Tenzin lançou um olhar para mim tão impassível quanto o daquela tarde em que me encontrou sentada na almofada de lótus no Café Franc.

— Parece a mesma — ele admitiu.

— Nunca vi a Leoa da Neve se aventurar tão longe — disse Lobsang.

— Gatos Himalaios são muito populares por aqui — arriscou o assistente de Lobsang.

A atriz balançou a cabeça com um sorriso irônico.

— Bem, foi certamente um acontecimento inesperado.

No fim daquela tarde, Tenzin informava ao Dalai Lama sobre os eventos do dia enquanto os dois tomavam chá verde, desta vez acompanhado pelos biscoitinhos folheados feitos pela sempre generosa Senhora Trinci. Após terem conversado sobre as atividades do dia, Sua Santidade retornou à cerimônia de plantio de árvores.

— Como foi o café da manhã? Espero que nossos visitantes tenham ficado felizes com o resultado.

— Tudo correu muito bem, Sua Santidade. E nossa convidada acabou de telefonar para dizer o quão entusiasmada ela está com a conscientização que está surgindo.

— Havia muitas equipes da imprensa esta manhã, observou o Dalai Lama. Nunca havia visto tantas câmeras de televisão em Jokhang!

— A cobertura da mídia foi muito boa, disse Tenzin. Mas, o que impulsionou mesmo foi um vídeo no *YouTube* que se espalhou instantaneamente. Parece que já teve mais de dez milhões de acessos.

— Por causa de uma cerimônia de plantio de árvores? — Sua Santidade arqueou as sobrancelhas.

— Começa com isso. Mas a verdadeira estrela do show — Tenzin se virou em minha direção — é a nossa pequena *Rinpoche*.

O Dalai Lama soltou uma gargalhada. Então, fazendo um esforço para se conter, disse:

— Talvez não devêssemos rir. Não estou bem certo de quem ficou mais surpreso, nossa *Rinpoche* ou os jornalistas.

O Dalai Lama veio em minha direção, me pegou no colo e me acariciou lentamente.

— Esta manhã ao acordar, ninguém de nós imaginou que você estava prestes a se tornar — como se diz? — uma sensação internacional. Mas você gerou mais consciência sobre o problema que as florestas enfrentam em uma manhã do que algumas pessoas criam em uma vida inteira.

Comecei a ronronar.

— Que carma interessante.

Capítulo seis

Bolas de pelo. Poucas coisas são tão desagradáveis, você não acha, querido leitor?

Ah, faça-me o favor. Não banque o inocente comigo! Só porque você é humano não quer dizer que seja imune à enfatuação. Não é verdade que de vez em quando você se preocupa demais com o jeito com que os outros o veem? Que fica obcecado com roupas, sapatos, acessórios e material de higiene, essas coisas que têm mais a ver com a imagem que você deseja projetar no mundo do que com praticidade?

Quando você fala de si mesmo, ou sutilmente da marca dos produtos que adquiriu recentemente, ou da atenção que seu parceiro romântico devota a você, ou ainda da posição de ioga extraordinária que agora é capaz de executar, será que tais comentários não têm a intenção de evocar uma impressão em especial que deseja criar de si mesmo?

E quem, por favor, me diga, ocupa a maior parte dos seus pensamentos desde a hora que você acorda até a hora de ir dormir? Quem, exatamente, é a causa da sua maior ansiedade e estresse? Você consegue pensar em alguém — talvez não muito longe do espaço físico que você ocupa agora — que ocasionalmente tenha se tornado tão preso em uma espiral de enfatuação tão grande que, apesar de todo ritual frenético de se lamber, coçar e se limpar, apesar dos esforços malucos para se sentir melhor consigo, tudo o que consegue fazer é engolir grande quantidade de detritos de autopreocupação que acabam deixando você mal — talvez até doente? Se um bolo desconfortável está se formando em sua garganta simplesmente porque você está lendo estes poucos parágrafos, então você certamente entende o quão irritantes são as bolas de pelo. Se não, você é claramente um ser muito mais equilibrado que a maioria e, nesse caso, peço desculpas por contrariar sua pessoa. Você certamente não precisa ler este capítulo, então posso sugerir que vá direto para o próximo?

Pelo fato de ter sido arrancada da minha mãe e da minha família tão nova, há certos aspectos do comportamento dos gatos sobre os quais não sei nada. Foi por isso que minha primeira experiência com bolas de pelo foi tão inesperada quanto desagradável. Um dos fardos de ser uma gata tão suntuosamente bela, do tipo que ocasionalmente enfeita as caixas de amêndoas belgas confeitadas é que a higiene pessoal pode se tornar uma atividade compulsiva. É muito fácil se perder em ciclos de lamber-se e arrumar-se sem perceber quais serão as consequências.

Na manhã que passei no arquivo, freneticamente engajada nessa atividade, Tenzin várias vezes me lançou um olhar incisivo e Chogyal até se aproximou e tentou me distrair — sem sucesso. A comichão inicial parecia ter crescido e se tornado mais intensa, espalhando-se por todo o corpo, até que não conseguia mais parar de me lamber!

E, de repente, aconteceu. Eu sabia que deveria descer dali. Cruzei a sala, passando direto pela cesta de Kyi Kyi e, quando cheguei ao corredor, senti meu estômago virar. Era como se minhas vísceras quisessem sair. Encolhi-me no carpete, meu corpo todo contorcido pela expiração forçada. O ritmo dos espasmos violentos aumentou rapidamente até que... bem, é melhor poupá-lo dos detalhes.

Chogyal se levantou e pegou uma parte do jornal do dia. Ele usou a seção de moda feminina para limpar o tapete no qual eu havia depositado grandes quantidades do meu próprio pelo. Fugi para a cozinha à procura de uma bebida adstringente e, quando retornei, não havia mais sinal do horror que me acometera no calmo santuário do corredor.

Retomei meu posto no arquivo e caí em um sono profundo. Não há nada como um bom sono para deixar que os dissabores caiam no esquecimento.

※

Exceto que, naquele momento, fui acordada por uma poderosa e desconcertante fragrância. Aquele não era o aroma de *Kouros*, que geralmente precedia a chegada de Franc a alguns metros? Mas eu não estava no Café Franc!

Momentos depois, veio a confirmação sob a forma da cadência de seu inconfundível sotaque californiano.

Nem Chogyal nem Tenzin estavam no escritório, mas lá na porta, avistei a figura de orelhas redondas de Marcel. Depois de algum tempo, Chogyal chegou com uma coleira. Acordando Kyi Kyi de seu sono, ele colocou a coleira em seu pescoço e o levou para onde Marcel estava esticando sua própria guia, balançando a cauda no frenesi da expectativa.

Franc e Chogyal conversavam no corredor, enquanto os dois cachorros começaram a cheirar os traseiros um do outro. Franc, completamente absorto no que estava acontecendo, nem percebeu minha presença na plataforma de observação, assistindo ao desenrolar dos acontecimentos. Apesar de ter ficado desconcertada com a chegada inesperada de Tenzin no Café Franc algumas semanas atrás, após os fatos recentes, tudo parecia fazer sentido.

Franc estava se comportando muito bem. Elegantemente vestido com uma jaqueta escura e sapatos *oxford* lustrados, estava tão solícito como ficava com os fregueses mais VIPs que apareciam no seu café. Chogyal, enquanto isso, se comportava com seu jeito espontâneo de sempre, enquanto contava a história de como Kyi Kyi veio morar em Jokhang.

Os homens levaram os cachorros para dar uma volta no pátio. Fui à janela para ter uma visão melhor e continuei a observar o que acontecia. Soltos da coleira, Marcel e Kyi Kyi corriam um atrás do outro brincando. Pareciam realmente ter se tornado amigos.

Quando voltaram, Chogyal e Franc começaram a falar sobre os hábitos alimentares e de sono de Kyi Kyi. Então escutei Chogyal dizer:

— Todos nós, incluindo Sua Santidade, ficaríamos muito agradecidos se você considerasse essa possibilidade.

— Não há nada a considerar — Franc assegurou. Os dois cães vão se dar muito bem. Será uma honra para mim.

Chogyal olhou para Kyi Kyi com um sorriso.

— Ele ficou aqui pouco tempo, mas sentiremos sua falta.

— Posso trazê-lo de volta para visitar, respondeu Franc.

Naquele momento a porta do escritório de Sua Santidade se abriu e ele saiu.

Enquanto Franc fazia uma reverência formalmente elaborada, o Dalai Lama, dando uma risadinha, trouxe suas mãos à testa.

— Este é Franc, Sua Santidade. Ele gentilmente concordou em tomar conta de Kyi Kyi.

— Muito bom. — O Dalai Lama estendeu suas mãos e segurou as de Franc entre as suas. — Compaixão maravilhosa. — Então, notou todas as pulseiras no pulso de Franc.

— Você recebeu muitas consagrações?

Como sempre, Franc recitou a lista de iniciações que recebeu de vários lamas respeitados da década anterior. Sua Santidade escutou pacientemente, antes de perguntar:

— Quem é seu professor?

— Todos os lamas que me deram iniciação — respondeu Franc, como se repetisse um credo.

— É bom — disse Sua Santidade — ter um professor regular e assistir às aulas. As iniciações e os livros didáticos são úteis. Mas o melhor é praticar sob a orientação de um professor qualificado. Se você quisesse aprender piano, não buscaria a melhor professora ou professor que pudesse ter — e permaneceria com ela ou com ele? É a mesma coisa com o Darma. Assim mesmo.

O conselho pareceu revelador para Franc, que demorou um pouco para processá-lo. Depois de alguns momentos, ele perguntou:

— O senhor recomenda algum professor?

— Para você? — Sua Santidade parecia estar cativado pelo brinco de ouro com o símbolo OM que balançava na orelha esquerda de Franc, enquanto considerava a resposta. Finalmente, ele disse:

— Você pode perguntar a Geshe Wangpo, aqui no Mosteiro de Namgyal. Acho que ele seria perfeito para você.

Um pouco mais tarde, Franc deixava o templo de Jokhang levando Kyi Kyi consigo. Estava curiosa para saber como os acontecimentos do dia seriam contados sob os guarda-sóis vistosos do Café Franc. Não conseguia parar de pensar se ainda manteria minha posição de honra no estabelecimento, entre as mais recentes edições da *Vogue* e da *Vanity Fair*. Agora que Franc aceitara a tutela de um ser que certamente seria conhecido como o Cão do Dalai Lama, será que eu ainda seria o principal objeto de veneração?

Também me perguntava por que, ao longo dos dias subsequentes, Chogyal e Tenzin se entreolhavam e murmuravam "Geshe Wangpo" e caíam na risada.

As respostas para todas essas perguntas logo apareceram. A começar com Geshe Wangpo. Quando eu descansava em meu parapeito favorito mais ou menos uma semana mais tarde, fui despertada pelo cheiro familiar da fragrância do pós-barba de Franc. Apesar de distante, o aroma deslizava pelo ar e chegava até onde eu estava em minha pose de lagarto de barriga para cima. Ao abrir os olhos, avistei Franc atravessando os portões de Jokhang a caminho do templo.

Vencida pela curiosidade, resolvi descer e aparecer de imediato nos degraus do templo. Enquanto Franc se aproximava, fiz uma exuberante saudação ao sol, como se houvesse passado a manhã inteira descansando ali. Franc pareceu ficar mais tranquilo com uma presença familiar nesta importante visita, e abaixou-se para me acariciar.

Levou pouco tempo para que Geshe Wangpo emergisse do templo. Com seus cinquenta anos, baixo, troncudo e de rosto redondo, ele emanava uma autoridade que ia muito além de sua estatura, como se sua aparência física mal conseguisse representar seu extraordinário poder, de certa forma, até mesmo violento. Assim que Geshe Wangpo apareceu, entendi porque Chogyal e Tenzin haviam se divertido tanto quando o Dalai Lama o recomendou para ser professor de Franc: seria difícil de imaginar um lama melhor para trabalhos pesados.

Ainda assim, ele sorriu quando se apresentou.

— Gostaria de saber se o senhor consideraria me ter como aluno? — Perguntou Franc, sua nuvem de *Kouros*, o brinco de ouro com o símbolo Om e a roupa preta justa, tudo parecendo ainda mais fora do contexto naquele momento em especial.

— Você pode assistir às minhas aulas às terças-feiras à noite — disse Geshe Wangpo.

— É importante certificar-se da pessoa antes de aceitá-la como seu professor.

— O próprio Dalai Lama recomendou o senhor — antecipou Franc.

— Mesmo assim, talvez você não goste da minha abordagem. Cada um de nós tem estilos diferentes, temperamentos diferentes. — Era quase como se Geshe Wangpo estivesse tentando dissuadi-lo.

— Talvez seja sensato pensar bem antes de decidir. Uma vez que você aceita alguém como seu conselheiro — ele balançou o dedo — deve estar disposto a seguir seu conselho.

Mas Franc não desistiria facilmente.

— Se Sua Santidade sugeriu o senhor — seu tom era respeitoso —, para mim basta.

— Ok, ok — concordou o lama. Inclinando a cabeça em direção ao seu novo aluno, Gehse Wangpo acrescentou:

— Você já possui muitas iniciações, seus compromissos devem mantê-lo bastante ocupado.
— Compromissos?
— Os que você assumiu quando recebeu suas iniciações.
— Eu assumi?
Geshe Wangpo franziu o cenho.
— Por que transformar as iniciações em prática se você não pretende segui-las?
— Não me dei conta... — Pela primeira vez, Franc parecia realmente envergonhado.
— Quais iniciações você recebeu?
Franc começou sua ladainha de datas, lamas e iniciações esotéricas — só que, dessa vez, sua voz soava pouco familiar. Era como se o recital das sucessivas iniciações, antes um festival de fanfarronices, houvesse se transformado em admissão de ignorância e negligência.
Quando Franc finalmente acabou, Geshe Wangpo o fitou com firmeza antes de cair na risada.
— O quê? — Franc perguntou, muito consciente de que ele era o motivo da graça.
— Vocês ocidentais! — Geshe Wangpo conseguiu falar após um tempo. — São muito engraçados!
— Não entendo — Franc encolheu os ombros.
— O Darma é uma viagem interior — disse Geshe Wangpo, tocando seu coração. — Não se trata de dizer que você é budista ou de vestir roupas para mostrar que é budista. O que significa "budista"? — Gesticulou com as mãos abertas.
— Apenas uma palavra. Apenas um rótulo. Qual é o valor de um rótulo se o produto que o acompanha não for autêntico? É como um Rolex falso. — Ele lançou um olhar malicioso.
Franc se sentiu desconfortável.
Geshe Wangpo girava seu dedo de um lado para o outro.

— Não queremos Rolex falso no Mosteiro Namgyal. Apenas os verdadeiros.

— O que devo fazer em relação às minhas pulseiras? — Franc perguntou sem jeito.

— A escolha é sua — Geshe Wangpo lhe disse. — Só você pode saber sobre essas coisas — ninguém mais. — Então, olhando para as feições pensativas de seu novo aluno, puxou Franc pelo braço.

— Venha, vamos caminhar pelo templo. Preciso esticar minhas pernas.

Os dois homens começaram a dar voltas pelo templo em sentido horário. Eu os segui de perto. Geshe Wangpo perguntou a Franc de onde ele era e Franc começou a lhe falar sobre sua criação na Califórnia, sua paixão por viagens, o caminho que o trouxe até Dharamsala, e sua decisão totalmente inesperada de abrir a brasserie Café Franc.

— Sempre me senti atraído pelo budismo — Franc contou ao lama. — Achava que ser iniciado e receber conselhos de lamas conceituados era o que eu deveria fazer. Sabia que deveria meditar também, mas eu tenho uma vida. Não percebi que precisava de um professor ou que deveria ter aulas regulares.

Geshe Wangpo apertou a mão de Franc nas suas, brevemente, após essa confissão.

— Que seja seu novo começo — sugeriu. — Você conhece As Quatro Nobres Verdades?

Franc hesitou.

— Já ouvi falar.

— Os primeiros ensinamentos que Buda deu ao se tornar iluminado foram As Quatro Nobres Verdades. São muito boas para se começar a entender o budismo. Veja bem, Buda é como um médico que você consulta quando não está se sentindo bem. Primeiro, o médico checa os sintomas. Então, faz um diagnóstico. Em seguida, diz se é possível cuidar do problema — faz um prognóstico. Por último, prescreve o tratamento. Buda fez exatamente isso ao analisar nossa experiência de vida.

Franc estava seguindo o lama atentamente.

— Que sintomas encontrou?

— Em geral — disse Geshe Wangpo — um alto nível de descontentamento, ou dukkha em sânscrito. Dukkha significa tudo que envolve desde o desconforto trivial até o mais profundo sentimento físico e emocional. Ele percebeu que a maior parte de nossa experiência de vida comum é difícil. Estressante. É difícil sermos nós mesmos.

Franc balançava a cabeça concordando.

— As causas desse descontentamento são várias. O fato de nascermos significa que devemos encarar a morte e muito provavelmente as dificuldades das doenças e da velhice. A impermanência pode ser outra causa da infelicidade. Podemos conseguir as coisas exatamente da maneira que as queremos e então — o lama estalou os dedos — tudo muda.

Geshe Wangpo continuou:

— Mas o motivo verdadeiro para o nosso descontentamento, a causa principal, é que confundimos a maneira pela qual as coisas existem. Encaramos objetos e pessoas como coisas separadas e independentes de nós. Acreditamos que possuem características, qualidades que nos atraem ou nos repelem. Achamos que tudo está acontecendo ao nosso redor e estamos apenas reagindo — como se tudo que nos atinge estivesse vindo do lado de fora.

Caminharam alguns minutos em silêncio antes de Franc perguntar:

— Por que é um erro pensar assim?

— Porque quando olhamos bem de perto, não conseguimos encontrar essência para qualquer pessoa ou objeto, inclusive nós mesmos. Não conseguimos encontrar qualidade que exista de forma independente à nossa mente.

— Você está dizendo — Franc falou mais rápido do que o normal — que não existe nada e que inventamos tudo?

— Não. Mas esse é o erro mais comum. Essa verdade sutil é chamada de "origem dependente" e é necessário muito estudo e meditação para compreendê-la. Mas, surpreendentemente, é o conceito mais poderoso de mudança de vida quando começamos a compreendê-lo. Assim como os cientistas quânticos confirmaram, o que Buda ensinou é que a maneira como as coisas existem, depende, em parte, de nossa mente. Isso significa que a Terceira Nobre Verdade, o prognóstico, é positivo.

— Seria pelo fato de podermos trabalhar nossa mente? — arriscou Franc.

— Sim, sim! — Geshe Wangpo balançou a cabeça enfaticamente.

— Caso todo esse descontentamento, todo esse dukkha, estivesse vindo do exterior, seria impossível fazer qualquer coisa em relação a isso. Mas como ele se origina na mente, bem, temos alguma esperança. Então a Quarta Nobre Verdade é o tratamento — aquilo que podemos fazer em relação aos nossos problemas mentais. Novamente ele olhou para Franc com um sorriso desafiador.

Mas Franc estava tão absorto com as palavras do lama que não se ofendeu.

— Então qual é o tratamento? — quis saber.

— Todos os ensinamentos de Buda — Geshe Wangpo respondeu. — Acredita-se que ele tenha deixado 84 mil.

— O *Darma*?
— Sim. Você sabe o que *Darma* significa?
Franc encolheu os ombros.
— A filosofia de Buda?
Geshe Wangpo inclinou a cabeça e disse:
— De uma maneira geral, podemos dizer que sim. No budismo também interpretamos Darma como "cessação," como no fim do descontentamento, o fim do *dukkha*. Esse é o propósito dos ensinamentos de Buda.

O lama fez uma pausa ao chegarem a um lugar atrás do templo onde uma grande árvore fazia sombra sobre o caminho. O chão ao lado deles estava coberto de folhas.

— Uma vez fizeram uma pergunta misteriosa a Buda. A maneira como ele a respondeu é interessante. — Geshe Wangpo se curvou para pegar um punhado de folhas.

— Ele perguntou a seus alunos: "Há mais folhas na minha mão, ou no chão da floresta ao nosso redor?" Os alunos disseram: "No chão da floresta". Então, Buda respondeu: "As folhas na minha mão representam o conhecimento que leva ao fim do sofrimento." Dessa maneira — Geshe Wangpo abriu a mão, deixando as folhas caírem no chão — Buda foi bem claro em relação ao propósito de seus ensinamentos.

— Se existem 84 mil deles, por onde começar? — perguntou Franc ao retomarem a caminhada.

— O Lam Rim, ou as etapas do caminho para a iluminação, é um bom lugar para começar — o lama lhe disse — Ele ensina a nos tornarmos mais conscientes de nosso comportamento mental, a substituir os padrões negativos de pensamento por padrões mais positivos.

— Parece psicoterapia.

— Exatamente! O lama Yeshe, um dos primeiros lamas a levar o Budismo Tibetano para o ocidente, costumava dizer exatamente isso: "Seja seu próprio terapeuta." Ele até escreveu um livro com esse título.

Os dois continuaram em silêncio por um instante antes de Franc perguntar:

— É verdade que alguns lamas são videntes?

Geshe Wangpo olhou para ele seriamente.

— Por que você quer saber?

— Só estou imaginando... que padrões negativos do pensamento eu precisaria trabalhar.

— Você não precisa ser vidente para saber isso. A voz do lama soou firme.

— Não?

— Todo mundo tem o mesmo problema básico. Expresso de diferentes maneiras. Nosso principal problema é que somos todos especialistas do "eu".

Franc não conseguia entender.

— Mas eu ainda não sei nada sobre você!

— Não estou falando de mim! Estou falando do nosso eu, o eu mesmo..

— Ah!

— Não paramos de pensar em nós mesmos um só minuto. Mesmo quando isso faz com que fiquemos infelizes e tensos. Se focarmos em nós mesmos demasiadamente, ficamos doentes. Temos essa conversa interior acontecendo de manhã, à tarde e à noite, esse monólogo interno. Mas, de uma forma paradoxal, podemos dizer que quanto mais pensamos em fazer os outros felizes, mais felizes ficamos.

Franc parecia desanimado ao absorver isso.

— Não há muita esperança para pessoas como eu, não é?

— Por quê?

— Tenho um restaurante de muito movimento. Fico lá todos os dias da semana e trabalho até tarde. Não tenho tempo para fazer os outros seres felizes.

— Eu diria que você tem uma grande vantagem! — Geshe Wangpo rebateu. — A felicidade dos outros não é uma ideia abstrata. Você não precisa ir para as montanhas para meditar sobre ela. Você começa em casa e no trabalho, com as pessoas e outros seres na sua vida. Se você tem clientes, pense em cada um deles como uma oportunidade para praticar a bondade amorosa. Você pode servi-los um café, ou pode servi-los um café com um sorriso — alguma coisa que os faça mais felizes no momento em que estão com você. Se você tem uma equipe — bem, você é a pessoa mais importante na vida deles. Você tem um grande poder para fazer essas pessoas felizes — ou tristes.

— Não tinha percebido — disse Franc — que ter um negócio e ganhar dinheiro poderiam fazer parte de ser budista.

— Claro! Tudo faz parte do Darma. Seu negócio. Sua família. Tudo. Quando você começa, a prática do Darma é como uma gota de água no alto de uma montanha. As gotas afetam apenas uma pequena área verde a sua volta, enquanto a água corre pelo chão. Mas, ao praticar o Darma cada vez mais, o fluxo se torna mais forte e se junta a outros riachos. De vez em quando pode ficar escasso, como em uma cachoeira, ou desaparecer abaixo da superfície, mas continua seu caminho, ganhando força. Eventualmente, se transforma em um grande e poderoso rio, o centro de tudo na sua vida.

— Pense na prática do Darma dessa maneira — a cada dia crescendo mais e mais. Proporcionando mais felicidade aos outros — e ganhando mais felicidade para si.

Alguns dias depois, estava sentada sobre o arquivo na sala dos assistentes quando senti aquele formigamento familiar — uma forte compulsão para me lamber e comecei, embora me lembrasse do horror do acontecimento da bola de pelo. Lembrei-me também das palavras de Geshe Wangpo: "Se focarmos em nós mesmos demasiadamente, ficamos doentes." E do conselho do lama sobre prestar mais atenção aos outros. Depois de alguns instantes, me obriguei a parar de me lamber e pulei do arquivo.

Tenzin, com seus óculos de leitura, estava concentrado em um e-mail importante do Dalai Lama para o primeiro--ministro britânico. Chogyal estava finalizando o itinerário da próxima visita de Sua Santidade ao sudeste da Ásia.

Dando um leve miado, pulei na mesa de Chogyal e acariciei sua mão no teclado.

Os dois assistentes executivos trocaram olhares. Como Chogyal hesitou, dei uma lambida de gratidão em sua mão.

— O que é isso, minha pequena Leoa da Neve? — Perguntou, surpreso com minha demonstração de afeto.

— Muito incomum — comentou Tenzin, antes de acrescentar:

— Ela estava se lambendo de novo. Você percebeu? Talvez ela esteja no período de troca de pelo.

— Não reparei — Chogyal se esticou para abrir a gaveta de sua mesa. Mas quem sabe eu possa ajudar.

De sua gaveta retirou uma bolsa contendo um pente e uma escova. Então, me levantando de sua mesa, levou-me para o corredor, onde começou a pentear meu pelo grosso, retirando grandes tufos a cada penteada.

Comecei a ronronar de alegria. O ronronado continuou pelos dez minutos seguintes enquanto ele penteava minhas costas, depois cada lado, e então minha barriguinha branca e exuberantemente macia. Chogyal retirou emaranhados, até que meu pelo ficasse reluzente como seda. Raramente havia sentido tal bênção. Cabeça para trás e olhos fechados, imaginei que se isso fosse a recompensa que ganhamos por desejar que outros seres sejam felizes, deveria certamente fazer isso mais vezes!

Nas semanas que sucederam a adoção de Kyi Kyi por Franc e seu primeiro encontro com Geshe Wangpo, prestei atenção especial ao status quo no Café Franc. Marcel e Kyi Kyi agora eram uma dupla bem-sucedida, os dois cães dividiam uma cesta debaixo do balcão e eram levados para passear juntos. O pelo opaco e a aparência esquálida de Kyi Kyi eram coisas do passado, agora ele tinha um olhar brilhante e travesso.

Fiquei aliviada, pois não havia nenhuma mudança perceptível em relação ao meu tratamento. Ainda era Rinpoche, a Gata do Dalai Lama, ocupando a melhor prateleira na casa e sendo alimentada com as porções mais apetitosas do *plat du jour*.

Mas a mudança em Franc era impossível de ignorar. Na primeira vez que o vi depois de caminhar pelo templo, notei que o brinco Om de ouro havia sumido de sua orelha. Ao olhar para seu braço percebi que as pulseiras também foram retiradas. Obviamente ele havia levado a sério as críticas de Geshe Wangpo em relação a falsos Rolex e decidiu que a versão autêntica, apesar de mais difícil de ser adquirida, era preferível.

Toda manhã Franc chegava ao trabalho meia hora mais tarde do que no passado, depois de fazer uma sessão de meditação matinal. Também começou a usar um boné de beisebol que permanecia na sua cabeça dia e noite. A princípio não consegui descobrir o motivo do boné. Mas, quando o tirou rapidamente para coçar a cabeça, notei uma penugem. Quando seu cabelo começou a crescer, a caricatura de quem ele era começou a desaparecer. Agora fazia poucas referências do tipo, o budismo isso, o Darma aquilo. Raramente dizia que eu era a Gata do Dalai Lama e nem uma vez sequer mencionou a origem de Kyi kyi, o mais novo membro da família *Brasserie* Café Franc.

O carma funciona de uma forma muito curiosa, a metamorfose de Franc não poderia ter acontecido em melhor hora.

Em certa ocasião ao meio-dia, um casal de aparência séria chegou ao restaurante e, após olharem o menu do almoço, fez seu pedido. Os dois estavam vestidos discretamente, com tons cinza, e tinham aparência ascética. Mais um casal de intelectuais fazendo uma viagem pela Índia. Talvez ele fosse um professor de estudos budistas em páli em algum campus de uma universidade americana. Talvez ela desse aulas de Ashtanga ioga ou fosse uma chef vegetariana de um centro de saúde alternativa. A julgar pelo jeito como mastigavam conscientemente a comida, pareciam estar levando a experiência no Café Franc muito a sério.

Somente uma hora e meia depois, quando seus pratos de sobremesa foram retirados e suas xícaras de café estavam quase no fim, foi que o homem chamou Franc, balançando seu dedo indicador. Não era a primeira vez que conversavam. O homem já havia arguido Franc extensivamente antes de escolher o prato principal, uma experiência que Franc conseguiu administrar com uma graciosidade recém adquirida.

— Permita que eu me apresente devidamente, disse o homem com um sotaque típico da Nova Inglaterra. Charles Hayder, do *Hayder's Food Guides*.

Dizer que Franc estava surpreso seria eufemismo. Ele estava estupefado. *Hayder's Food Guides* estava entre os guias gastronômicos mais conceituados do planeta. Amplamente divulgado e altamente reconhecido, eles podiam melhorar ou destruir a reputação de um estabelecimento.

Franc balbuciou alguma coisa sobre aquilo ser uma honra.

— Um amigo de Nova Déli me falou sobre o Café Franc e resolvemos experimentar, — disse Hayder, inclinando a cabeça para sua esposa, que abriu um grande sorriso.

— Tenho de dizer, a refeição que tivemos hoje foi excelente. Cada ingrediente! Eu diria até que é a melhor da região. Seu restaurante será recomendado no nosso exemplar do *The New York Times* da Índia.

Franc ficou tão abalado que pela primeira vez na vida, não sabia o que dizer.

— Só uma decepção, continuou Hayder, em um tom mais confidencial. Disseram-me que o maître era um cara pavoroso metido a budista. Deram-me informação errada? Franc deu uma pausa e olhando para seu pulso desnudo, disse:

— Não. Não deram, não. Ele era.

— Ah, então deram uma repaginada no Café Franc?

— É mais profundo do que isso, sugeriu Franc.

— Certamente! — Rebateu Hayder — Permeia toda a experiência. — Ele se permitiu um sorriso irônico.

— Por mais que isso nos desagrade, terei de escrever uma crítica totalmente favorável.

Seria tolice, querido leitor, imaginar que um único ensinamento de um grande lama resultaria na cura definitiva contra a autopromoção de gatos e humanos. De todas as desilusões, a enfatuação talvez seja o disfarce mais astucioso, que parece desaparecer por completo, para depois ser revelado em dimensões monstruosas e de modo transmutado.

Eu ainda não havia colocado para fora minha bola de pelo. Tampouco Franc.

Mas a mudança havia ocorrido. Uma nova direção estava sendo apontada. Nos meses seguintes, haveria todos os tipos de acontecimentos interessantes no Café Franc, assim como eu estava prestes a descobrir.

Capítulo sete

Você é uma criatura de hábitos? Entre as canecas de café na sua cozinha, existe uma favorita, embora qualquer uma delas sirva ao seu propósito? Você desenvolveu rituais pessoais — talvez na maneira como lê o jornal, bebe um copo de vinho à noite — que lhe dão uma sensação tranquilizadora de que a vida é como deveria ser?

Se sua resposta a qualquer uma dessas perguntas é sim, então, querido leitor, você pode muito bem ter sido um gato em outra vida. E eu, por outro lado, não consigo pensar em uma distinção melhor!

Nós gatos estamos entre as criaturas que mais possuem hábitos. Espreguiçadeiras preferidas, horários das refeições, esconderijos e lugares para arranhar estão entre as coisas que nos proporcionam satisfação diária. É exatamente pelo fato de muitos humanos terem uma rotina, que nós os deixamos compartilhar nossas casas, até os consideramos parte de nosso grupo.

É claro que existem algumas mudanças que todos apreciamos. A vida seria muito monótona sem, por exemplo, a degustação ocasional de uma nova iguaria, como aquela lasanha de berinjela grelhada que a Senhora Trinci, de forma triunfante, levou para Jokhang para que todos provassem. Ou a diversão matinal do Café Franc, quando um senhor asiático cuidadosamente quebrou sua torrada em pedacinhos, passou manteiga e marmelada em cada um deles, e então comeu com pauzinhos.

Tais acontecimentos são uma diversão bem-vinda. Mas quando eventos mais importantes ameaçam o estilo de vida confortável, é um problema completamente diferente. Estou falando de mudança. Um dos temas favoritos do Dalai Lama. A única constante na vida, como o próprio Buda costumava dizer.

Falando em nome da maioria dos gatos e humanos, provavelmente seja correto afirmar que a mudança é algo que preferimos que aconteça com os outros. Mas, infelizmente, parece que não há como escapar. Lá está você, pensando que sua vida rotineira, com todos os seus rituais e hábitos tranquilizadores, continuará assim por tempo indefinido. Então, do nada, como um pit bull que se soltou da coleira, babando de raiva ou outro arquétipo demoníaco parecido, surge na calçada, bem à sua frente e tudo vira a mais profunda desordem.

Minha descoberta dessa verdade se deu com a vivência. Tudo começou inesperadamente em uma manhã quando entrei na sala dos assistentes após a meditação matinal com Sua Santidade sem suspeitar de nada. A princípio, nada foi dito. Aquele dia de trabalho em especial começou como qualquer outro, com a agitação habitual de telefonemas e reuniões e o motorista chegando para levar Sua Santidade ao aeroporto. Eu sabia que ele iria ficar fora por duas semanas, visitando sete países da Europa. Tendo vivido em Jokhang por mais de oito meses, durante os quais Sua Santidade realizou frequentes viagens ao exterior, eu já estava acostumada com suas constantes viagens. Quando ele partia, sua equipe cuidava para que eu fosse bem tratada.

Geralmente.

Dessa vez, contudo, as coisas aconteceram de forma diferente. No meio daquela primeira manhã, dois homens vestindo macacões salpicados de tinta chegaram ao escritório. Chogyal os levou até o quarto que eu dividia com Sua Santidade, onde foram logo colocando escadas e cobrindo o chão com um forro de plástico.

Uma desfiguração horrorosa aconteceu logo em seguida. Fotografias e *thangkas* foram retiradas das paredes, cortinas removidas das janelas, móveis cobertos com lonas. Em poucos minutos, meu sublime santuário foi reduzido a um caos irreconhecível.

Quando Chogyal me pegou em seus braços, achei que fosse para transmitir segurança. Eu realmente esperava que ele fosse pedir desculpas pelo transtorno, me dizer que os pintores logo terminariam o trabalho e confirmar que minha casa seria novamente minha em breve. Mas as coisas simplesmente se tornaram mais angustiantes.

Chogyal me levou de volta ao escritório e me colocou dentro de uma gaiola de madeira horrível que havia aparecido em sua mesa. A gaiola, feita de madeira tosca, era tão pequena que eu mal podia me virar dentro dela. Antes que pudesse protestar, ele fechou o trinco de metal da tampa, e levou a gaiola para o andar de baixo.

Não conseguia distinguir qual sentimento era mais intenso — indignação ou terror.

Para começo de história, a indignação predominou. Aquilo era sequestro! Como ele se atreve a tomar tais liberdades! Será que havia esquecido quem eu era?! Assim que o Dalai Lama virou as costas! De todas as pessoas, justamente Chogyal, de coração geralmente tão caloroso! Qual seria a influência maléfica que havia tomado conta dele? Caso Sua Santidade soubesse o que estava acontecendo, não tenho dúvidas que teria colocado um fim naquilo.

Chogyal atravessou uma parte do Mosteiro de Namgyal com a qual eu estava familiarizada antes de continuar por um caminho onde eu nunca havia passado. Enquanto caminhava, entoava mantras baixinho, do seu jeito descontraído usual, como se nada de desagradável estivesse acontecendo. De vez em quando, ele fazia uma pausa para uma breve conversa, e várias vezes segurava a gaiola para que os outros pudessem me ver, como se eu fosse uma exibição de zoológico. Lançando um olhar raivoso por uma fresta entre duas ripas de madeira, eu vislumbrava apenas pedaços de vestes vermelhas e pés calçados com sandálias. Se eu tivesse sido capaz de atacar e deferir um golpe com minhas garras, eu certamente teria feito.

Chogyal continuou andando. De repente, ocorreu-me que isso já havia acontecido antes. Não comigo, pessoalmente — pelo menos não nessa vida. Mas houve um tempo na história em que indivíduos refinados de alta estirpe foram arrancados de suas casas e levados para um futuro sombrio. Como estudantes de história europeia já devem ter adivinhado, estou me referindo à Revolução Francesa.

Aquilo tinha sido diferente do que estava acontecendo comigo agora? Será que o bem-educado Chogyal havia se metamorfoseado em um sinistro Robespierre tibetano? O jeito que ele me mostrou para aquelas pessoas que cruzaram nosso caminho não foi exatamente o que aconteceu quando aqueles desafortunados aristocratas foram levados pelas ruas de Paris para cumprirem seu destino macabro na guilhotina — um ritual macabro sobre o qual havia escutado Tenzin comentar enquanto comia seu sanduíche na hora do almoço há apenas uma semana. De repente, senti um medo que ia aumentando a cada passo que Chogyal dava em direção ao território desconhecido. Talvez não houvesse guilhotina alguma ao fim dessa jornada, mas pela primeira vez comecei a pensar, e se isso não fosse um erro? E se houvesse algum plano acordado com o consentimento do Dalai Lama? Talvez Sua Santidade tivesse feito algum comentário oblíquo que seus assistentes interpretaram como se ele tivesse dito que preferia não me ter mais por perto. E se eu estivesse sendo rebaixada de Gata de Sua Santidade para uma gata comum de Mcleod Ganj?

A área onde estávamos agora era pobre. Através da fenda na madeira pude observar ruas sujas e terrenos baldios, odores pungentes e choro de criança. Chogyal saiu da estrada e prosseguiu por um longo caminho de terra até chegar a um feio edifício de concreto. Enquanto ele continuava a caminhada, pude perceber que estávamos em um corredor aberto com portas em ambos os lados. Algumas das portas estavam entreabertas, e revelavam cômodos nos quais famílias inteiras estavam reunidas, sentadas no chão em torno de pratos de comida.

Meu sequestrador pescou uma chave de dentro do bolso de sua manta, destrancou a porta e entrou em um cômodo, depositando a gaiola no chão.

— Lar doce lar, — disse ele alegremente, destrancando o trinco de metal e me retirando da gaiola para colocar meu pequeno corpo trêmulo no que era evidentemente seu edredom.

— Você vai ter de ficar aqui comigo, GSS, até que os pintores terminem o trabalho — explicou ele, acariciando-me de uma maneira que sugeria que em vez de me fazer passar pelo mais angustiante calvário de toda minha vida, ele só havia feito uma caminhada de 20 minutos.
— Não deve levar mais que uma semana.
Uma semana inteira!
— Eles estão repintando tudo, paredes, tetos, janelas e portas. Quando terminarem, vai ficar tudo novo. Enquanto isso, você vai passar umas férias comigo e minha sobrinha, Lasya, ela tomará conta de você.
Uma menina de mais ou menos 10 anos, de olhos penetrantes e dedos sujos, apareceu no quarto e se ajoelhou no chão, onde começou a miar com uma voz estridente como se eu fosse estúpida e tivesse problemas de audição.
Escapando para cima da cama, com orelhas para trás e rabo entre as pernas, me enfiei no edredon. Pelo menos o cheiro de Chogyal na roupa de cama era familiar.
Refugiei-me na escuridão.

※

E lá fiquei pelos três dias seguintes, dormindo o máximo de horas que podia. Emergia apenas para atender aos apelos mais urgentes da natureza, antes de retornar a minha forma fofa de tatu-bola infeliz.
Chogyal passava a maior parte do dia no trabalho, e Lasya logo se cansou de tentar brincar com uma gata que não respondia aos seus chamados. Suas visitas foram ficando cada vez menos frequentes e mais breves. Pouco a pouco, os sons das rotinas diárias e os aromas da comida das famílias

se tornavam mais familiares. Depois de três dias de vigília na semiescuridão, cheguei a uma conclusão: estava entediada.

Então, no quarto dia, quando Lasya chegou no final da tarde, engatinhei para fora do endredon e pulei no chão pela primeira vez. Ali, descobrimos um jogo novo, meio que por acaso. Enquanto eu roçava seu pé direito, o dedão do pé escorregou para dentro da minha orelha esquerda, enquanto os outros dedos continuavam do lado de fora. Ao mexer os dedos dos pés, Lasya improvisou uma deliciosa massagem de orelha — me peguei ronronando agradecida. Nem o Dalai Lama, nem qualquer um de seus funcionários costumavam colocar o dedão do pé em minha orelha, mas como havia acabado de descobrir, a sensação era absolutamente deliciosa. A orelha esquerda foi logo seguida da direita, e quando vi o rosto risonho de Lasya, entendi pela primeira vez que minha felicidade não dependia de estar em determinado ambiente.

Segui para a porta e fui em direção ao corredor. Tendo Lasya como minha guardiã, me dirigi hesitantemente para trás do edifício. No cômodo ao lado, uma mulher e três crianças estavam sentadas no chão. Ela mexia a panela em cima do fogareiro enquanto entoava algum tipo de canção de ninar. Depois de ouvi-los durante os últimos três dias enquanto preparavam uma variedade de refeições, estava curiosa para finalmente vê-los. Ao contrário dos demônios clamorosos da minha imaginação, eles pareciam menores e, de certo modo, mais comuns.

No momento em que apareci, eles pararam o que estavam fazendo e se viraram para me olhar. Sem dúvida, a notícia da minha chegada havia passado pelo corredor. Será que estavam um pouco intimidados por estarem na presença da Gata do Dalai Lama? Decerto que sim!

Finalmente, uma das crianças, de talvez uns oito anos, tomou a iniciativa. Retirou um pedaço de carne macia da panela e soprou para que esfriasse antes de vir para oferecê-lo a mim. Cheirei com hesitação. Certamente não era o filé mignon do Café Franc. Mas eu estava com fome. E o cheiro era estranhamente apetitoso. Quando tomei a carne de suas mãos e a mastiguei, tive de admitir que estava bem gostosa.

Continuando nosso caminho, Lasya e eu nos dirigimos ao quintal dos fundos — um terreno de terra batida — até um muro de mais ou menos um metro. Quando pulei para cima do muro, fiquei surpresa ao ver o jogo de futebol que acontecia do outro lado. Dois times de adolescentes brigavam, em meio à poeira, pela posse de uma bola feita de sacos plásticos amassados e amarrados com barbante. *Agora* eu entendia de onde vinham todos aqueles gritos de euforia que escutava por debaixo do edredon.

Lasya se empoleirou ao meu lado para assistir à partida, suas pernas balançando no muro. Ela parecia conhecer os jogadores, de vez em quando, gritava algumas palavras encorajadoras. Assisti ao desenrolar da partida acomodada ao seu lado: era minha primeira partida de futebol e, comparada ao ritmo sedentário de vida em Jokhang, era fascinante.

Mal notei o crepúsculo, até que olhei para cima e vi as velas e luzes se acendendo nas casas a nossa volta. Os aromas de várias refeições flutuavam na brisa da noite, juntamente com o tilintar dos pratos, risadas e brigas, torneiras abertas e TV. Quanta diferença da vista e dos sons do meu poleiro favorito na janela do quarto de Sua Santidade.

O sol deslizou por debaixo do horizonte e o céu ficou mais escuro. Lasya há muito já tinha voltado para sua família, deixando-me ali no muro, pernas encolhidas.

Foi então que percebi um movimento ao lado do edifício, uma sombra escorregadia descendo por um tambor de cem litros. Um gato! E não apenas qualquer gato, mas um incomumente grande e musculoso, com listras escuras bem definidas. Não tinha dúvidas de que era aquele magnífico gato tigrado que eu havia visto pela primeira vez do outro lado do pátio do templo, perto da luz verde da barraca do mercado. Não sabia dizer há quanto tempo ele estava ali no tambor, a me observar. Mas suas atitudes não deixavam dúvidas quanto ao seu interesse.

Atravessando o terreno baldio de uma ponta a outra, ele me ignorou totalmente, como se eu não existisse. Ele *poderia* ter sido mais previsível?

De repente, me senti completamente alvoroçada. De fora, poderia até parecer que eu era uma gata sentada calmamente em um muro. Mas meus pensamentos e emoções se misturavam em um turbilhão emocionante. O jeito possessivo com que o tigrado atravessou o terreno deixou claro que aquele era seu território. Por ele ter se aventurado até Jokhang, era evidente que se tratava de um gato de algum prestígio. Certamente, as listras tigradas denotavam uma origem humilde. Mas seu território havia se expandido em proporções impressionantes.

E ele estava me pregando uma peça!

Não tinha dúvida de que ele voltaria. Não naquela noite, claro. Seria muito óbvio. Mas quando... amanhã?

Quando Chogyal chegou no corredor vindo do trabalho um pouco mais tarde, Lasya o segurou pela mão e o levou para ver onde eu estava sentada.

— Que bom ver você aqui fora, GSS! Levantou-me e me acariciou abaixo do queixo. De volta ao normal!

Estava experimentando muitas coisas novas naquele momento. Normal, no entanto, não era uma delas.

❄

No dia seguinte eu mal podia esperar para que Lasya chegasse à tarde. Tinha passado a manhã toda me preparando para que meu pelo brilhasse. Orelhas muito bem lavadas e bigodes cintilantes, eu também havia tocado o violoncelo com um vigor diferente — com muito mais *allegro vivo* do que *adagio*, para aqueles familiarizados com o famoso concerto de Dvořák.

Assim que Lasya abriu a porta, saí. Retornei ao muro como se fosse um ato bem casual, quase por acaso. Mais uma vez, uma partida de futebol estava acontecendo a todo vapor no campo abaixo. De trás de mim vieram os sons agora familiares da vida doméstica. Antes de voltar para casa, Lasya se sentou por alguns minutos ao meu lado, lendo um livro da escola.

Pelo canto do olho, eu o vi. A sombra apareceu no barril. Levantando-me, alonguei minhas patas dianteiras, depois minhas costas com uma malemolência luxuriante antes de pular do muro e me dirigir para a porta, fingindo que iria para dentro.

Como esperava, isso foi demais para meu admirador.

Em silêncio, ele escorregou barril abaixo, caminhou de tal forma que nossos caminhos teriam de se cruzar. Paramos, a uma distância aceitável um do outro. Pela primeira vez, olhei diretamente dentro daqueles brilhantes olhos cor de âmbar.

— Já nos encontramos antes?- ele perguntou, começando a conversa com o clichê mais batido da história.

— Receio que não. Tentei flexionar ao tom da minha voz a quantidade certa de encorajamento, sem parecer fácil.

—Tenho certeza de que já te vi antes.

Sabia exatamente onde ele havia me visto, mas não tinha a intenção de dizer a ele o quanto aquela visão havia me encantado.

Pelo menos, não agora.

— Há alguns Gatos Himalaios por aí, respondi, confirmando minha linhagem impecável, ainda que sem documentos comprobatórios.

— Este território é seu?

— Daqui até Jokhang, disse ele. E para baixo, indo pela rua principal até as barracas do mercado.

As barracas do mercado ficavam a um quarteirão do meu destino favorito.

— E o Café Franc? — perguntei.

— Está maluca? Aquele cara odeia gatos.

— Eles têm a melhor *cuisine* do Himalaia, de acordo com *Hayder's Food Guide*, — respondi friamente.

Ele piscou. *Será que já havia conhecido uma gata da alta sociedade?* Pensei.

— Como você pode chegar perto?

— Conhece aquele ditado "O importante é *quem* você conhece?"

Ele assentiu com a cabeça.

— Não é verdade. *Sorri de forma enigmática.* Deveria ser "O importante é quem conhece *você*."

Ele fez uma pequena pausa para me fitar. Podia ver a curiosidade em seu olhar.

— Você tem algum conselho para um gato tigrado que vem do lado errado da cidade? — Ele arriscou.

Ah, que gracinha!

— "Ponha então o chapéu de ouro, se isso vai comovê-la" — comecei citando a epígrafe do livro que Tenzin acredita ser

o melhor romance americano — *O Grande Gatsby* — "Se você puder saltar bem alto, salte por ela também / Até que ela grite Amante do chapéu de ouro e dos saltos / Eu preciso ter você!"
Ele remexeu o nariz pensativamente:
— De onde você tirou isso?
— De um livro que conheço.
Ele começou a se afastar.
— Para onde você vai? Perguntei, mais uma vez maravilhada com seu movimento muscular.
— Vou atrás de um chapéu, ele respondeu.

Não vi sinal dele na manhã seguinte, mas tinha certeza de que o veria novamente naquela tarde. Nunca havia sentido aquele delírio romântico antes, uma mistura inflamada de desejo e ansiedade e um magnetismo animal inexplicável. Estava tão preocupada naquela manhã que mal reparei quando Chogyal chegou em casa na hora do almoço, em vez de chegar à noite. Prestei pouca atenção quando ele pegou a Gaiola de debaixo da cama. Não percebi o que estava acontecendo até que ele me pegou e me colocou dentro da gaiola.

— Os pintores terminaram o trabalho antes do previsto, — ele explicou, como se eu devesse ficar satisfeita com o que estava acontecendo.

— Sabendo o quanto você estava infeliz por estar aqui, imaginei que iria querer voltar para casa assim que fosse possível.

Sem a menor cerimônia, fui levada de volta para Jokhang.

Sem dúvida, a reforma tinha sido um sucesso. Os quartos agora reluziam com tinta fresca, as luminárias foram polidas até brilharem e tudo estava como antes, porém mais limpo e renovado. A única alteração foi feita especialmente para mim: duas almofadas retangulares foram encapadas com um tecido de lã bege e colocadas no peitoril da janela para o meu conforto.

Tenzin fez um estardalhaço ao me ver, o cheiro forte de sabonete antisséptico de suas mãos me lembrava que eu estava em casa. Minha marca favorita de comida de gato me foi oferecida para o meu deleite. Naquela tarde, quando a equipe de Sua Santidade retornou para suas casas e eu permaneci ali tranquila, deveria ter ficado feliz pelo fato da minha experiência traumática no subúrbio de Mcleod Ganj ter ficado para trás.

Só que eu não estava.

Queria tanto voltar lá! Ansiava pelo meu gato tigrado! Quais eram as chances de nos encontrarmos novamente se eu ficasse aqui na minha torre de marfim em Jokhang? Será que ele iria pensar que meu desaparecimento significava que não estava interessada nele? Um tigrado de magnitude leonina como ele certamente pensaria assim. E se ele desistisse de mim antes mesmo de termos uma chance?

Ao pensar no tempo que passei na casa do Chogyal, que se transformou na lembrança de um sonho, também tive de admitir que fui uma tola em ter passado três dias inteiros debaixo do edredon. Quanta chance perdida! Que desperdício! Só conseguia pensar no que poderia ter acontecido se eu tivesse aparecido no primeiro e não no quarto dia. Que experiências poderia ter vivido, e como o relacionamento com o gato dos meus sonhos poderia ter evoluído. Em vez disso, me privei daquela oportunidade por causa da minha autocomiseração ridícula.

O Dalai Lama chegou em casa no dia seguinte. Bastou que ele pisasse no quarto e tudo estava bem outra vez. A angústia do relacionamento e a autorrecriminição — todos esses traumas pareciam completamente irrelevantes agora com sua Sua Santidade por perto. Antes mesmo de dizer qualquer palavra, era como se a tranquilidade de sua presença abençoada dissolvesse todos os pensamentos negativos, ficando apenas um sentimento de profundo bem-estar.

Guiado por Tenzin e Chogyal pelos cômodos reformados, o Dalai Lama demonstrava sua satisfação:

— Muito bom! Excelente! — Continuava falando, enquanto lhe mostravam as novas maçanetas de latão e as melhorias no sistema de segurança.

Assim que seus assistentes saíram, Sua Santidade veio me acariciar. Pude ver o brilho familiar de felicidade quando olhou nos meus olhos e sussurrou alguns mantras.

— Sei que você passou por momentos difíceis. — Disse depois de algum tempo. — Sua grande amiga a senhora Trinci virá para preparar o almoço. Tenho certeza de que vai preparar algo delicioso especialmente para você.

Mesmo se eu nunca tivesse ouvido falar do convidado de Sua Santidade daquele dia, teria percebido que era alguém muito especial, pois junto com a delicada fragilidade daquele senhor em vestes de monge, havia uma força notável em sua postura. Ao que parecia, seus planos de viagem haviam sido interrompidos devido a uma greve dos sindicatos na França. Enquanto o Dalai Lama levava o visitante até uma poltrona confortável, se mostrava sensibilizado com os desafios da viagem que ele enfrentou.

Mas, Thich Nhat Hanh — cuja pronúncia em português é Tic-Nyat-Ron — mestre zen, professor, amado guru e autor de muitos livros incríveis, deu de ombros.

— Quem sabe quais oportunidades podem vir a surgir com os atrasos? Tenho certeza de que o senhor já escutou a história zen do fazendeiro e seu cavalo, não?

Sua Santidade fez um gesto para que ele continuasse.

— A história aconteceu há muito tempo no Japão, quando um cavalo não era apenas um cavalo, mas sim um símbolo de riqueza.

O Dalai Lama concordou. Neste momento, Thich Nhat Hanh tinha minha total atenção também.

— Este fazendeiro adquiriu seu primeiro cavalo, e todos os habitantes da vila se juntaram para parabenizá-lo. Eles diziam:

— Você deve estar orgulhoso por possuir um cavalo tão magnífico!

Mas o fazendeiro, que sabia da importância da equanimidade, simplesmente sorriu e disse:

— É, vamos ver.

Pouco tempo depois, o cavalo fugiu do estábulo e correu para o campo. Os habitantes se solidarizaram com o fazendeiro:

— Que tragédia!

— Que grande perda! Como é possível se recuperar de uma coisa como essa?

Novamente, o fazendeiro simplesmente sorriu e disse:

— É, vamos ver.

Menos de uma semana se passou, e um dia, quando o fazendeiro acordou, descobriu que o cavalo havia retornado — e trouxera consigo dois cavalos selvagens. Com extrema facilidade ele os colocou dentro do estábulo e fechou o portão. Os habitantes mal podiam acreditar no que havia acontecido.

— Que sorte grande! Um motivo para uma grande comemoração!

— Quem poderia acreditar que isso seria possível?

É claro que o fazendeiro apenas sorriu e disse:

— É, vamos ver.

Então, seu filho começou a domar os cavalos selvagens. Era um trabalho perigoso. Um dia, enquanto fazia o trabalho, caiu de um dos animais e quebrou a perna. Isso aconteceu pouco antes da colheita, sem a ajuda do filho, o fazendeiro teve de trabalhar dobrado para dar conta do serviço.

— Você está enfrentando uma situação muito difícil! Os habitantes lhe disseram.

— Não contar com a ajuda de seu filho nessa época, não deve haver sofrimento maior.

— É, vamos ver.

Foi tudo que o fazendeiro disse mais uma vez. Alguns dias mais tarde, o Exército Imperial enviou suas tropas a cada vilarejo para selecionar jovens saudáveis e aptos fisicamente. O imperador decidira ir para a guerra. Mas, como o filho do fazendeiro havia quebrado a perna, foi dispensado do serviço.

Thich Naht Hanh sorriu.

— E assim a história continua.

Sua Santidade olhou para ele com um sorriso de gratidão.

— Um belo exemplo.

— Sim. Concordou seu visitante. Muito melhor do que sempre reagir à mudança como se estivéssemos presos em algum tipo de melodrama egocêntrico. Subindo e descendo como uma montanha russa.

— Exatamente, — disse o Dalai Lama. — Nos esquecemos que é apenas uma questão de tempo antes que haja uma mudança e mais uma vez outra mudança em nossa perspectiva.

Por mais que seja doloroso para mim admitir isso, enquanto ouvia a conversa entre esses dois grandes líderes espirituais, tive dificuldade em reagir às mudanças recentes nas minhas próprias circunstâncias. Como fiquei furiosa com o pobre Chogyal quando tudo que ele queria era cuidar de mim. Naquele momento, até imaginei que ele fosse um assassino revolucionário!

Então veio minha reação seguinte — ficar na cama por três dias. Fui tão patética! Eu já sabia da oportunidade que havia perdido ao me enterrar debaixo do edredon de Chogyal.

Melodrama egocêntrico. Se eu fosse honesta comigo mesma, não seria essa a maneira mais exata de descrever grande parte da minha vida?

— Muitas vezes, continuou Sua Santidade, ao conhecer pessoas, executivos, apresentadores e muitos outros tipos de pessoas, eles sempre acabam me dizendo que o que parecia ser a pior coisa que poderia ter acontecido, no fundo, quando pensam a respeito da situação, percebem que acaba sendo a melhor.

— Somos forçados a trilhar um novo caminho, disse Thich Nhat Hanh. Um caminho que pode nos levar uma maior convergência e realizações ainda maiores, se o permitirmos.

— Sim, sim — Sua Santidade concordou.

— Mesmo quando as circunstâncias se tornam as piores possíveis, — continuou seu visitante — ainda assim podemos encontrar novas oportunidades.

O Dalai Lama ficou pensativo por alguns instantes antes de dizer:

— O pior momento da minha vida foi quando tive de abandonar o Tibete. Se a China não houvesse invadido nosso país, ainda estaria em Lhasa. Mas, por causa da invasão, estou aqui, vários outros monges e monjas vieram também. Nos últimos cinquenta anos, o Darma se espalhou pelo mundo. Acho que foi uma contribuição útil.

— Tenho absoluta certeza disso. — Respondeu Thich Nhat Hanh. — Foi provavelmente por causa daquele evento há cinquenta anos que estamos nos encontrando aqui hoje.

E por causa disso que sou GSS, pensei.

É por isso também, querido leitor, que você está segurando esse livro.

Naquela noite, com a barriga cheia do delicioso fígado de frango desfiado da Senhora Trinci, sentei-me no meu parapeito agora acolchoado, olhando para a luz verde brilhando no outro lado do pátio. Uma brisa suave trouxe a fragrância sutil das florestas de pinheiro e dos exuberantes rododendros, junto com os mantras imponentes dos monges em oração.

Flagrei-me olhando para a pedra vazia onde vi o gato tigrado pela primeira vez. Meu gato tigrado. A quem eu tanto queria... *Espere aí*, me avaliei. Isso não era um caso legítimo de melodrama egocêntrico?

Estava muito satisfeita por ter me avaliado antes de me deixar ir além. E então percebi que estar satisfeita comigo mesmo também se encaixa na categoria de melodrama egocêntrico.

Ah, esse treinamento mental budista! Não podemos nos enganar com nada? Nem mesmo um pouquinho?

Lembrei-me de Thich Nhat Hanh: seu equilíbrio, sua força, sua simplicidade.

Contemplei a escuridão, a luz verde que brilhava do outro lado do pátio. É, vamos ver.

Capítulo oito

Caso você seja um bom observador da condição felina, já deve ter feito uma profunda avaliação da minha situação. Não tentei me esconder de ninguém. Mas goste ou não, um escritor às vezes se trai com mensagens subliminares, não somente com as palavras, mas também ao deixar para trás algumas dicas sutis. Uma trilha psicológica de migalhas de pão ou, se preferir, uma trilha de salmão defumado. De preferência guarnecido com endro ou salpicado com mostarda *Dijon* light picante.

É claro que você não deve estar lendo esse livro onde seja possível fazer uma análise forense. É por isso que vou revelar a mais pura verdade — para mim não é fácil fazer essa confissão — sou uma gata que adora comer. Quando digo adora, não estou falando em ser uma gourmet, infelizmente.

Querido leitor, sou uma comilona.

Eu sei, eu sei — é *difícil* acreditar, não é? Você não imaginaria isso ao olhar para mim, com essa aparência de garota propaganda de caixa de chocolate suíço e olhos azuis sofisticados. Mas meu pelo lustroso esconde um estômago que, ao menos no passado, era grande demais para ser saudável e que me escravizava.

Certamente não me orgulho de ter sido dominada pela comida. Será que há alguma cultura no mundo que admire um indivíduo com estômago ganancioso, talvez um sibarita[9], um hedonista sem restrição? Mas, antes que se apresse no julgamento, permita-me perguntar: Você já tentou imaginar como seria passar um dia da sua vida na pele de um gato?

Sem a emoção da expectativa da primeira xícara de café do dia, algo que sempre vejo estampado nos rostos dos fregueses do Café Franc pela manhã. Nem o deleite de saborear o primeiro gole de *sauvignon blanc* à noite. Nós gatos não temos acesso a substâncias diárias que melhoram o humor. A não ser por uma humilde erva-de-gato[10], não há refúgio farmacêutico se estivermos sofrendo de tédio, depressão, crises existenciais, ou até mesmo uma simples dor de cabeça.

Tudo que temos é a comida.

A questão é, quando é que o prazer saudável de desfrutar uma substância se transforma em uma obsessão mortal?

No meu caso, lembro-me perfeitamente do dia.

Sua Santidade não viajava há seis semanas. Durante este período, sua rotina foi preenchida com visitantes VIPs, para os quais eram oferecidos almoços. A presença dinâmica da senhora Trinci era constante na cozinha de Jokhang,

---

[9] Habitante ou natural de Síbaris, antiga cidade grega da Itália meridional, na Lucânia, célebre pelo amor que seus habitantes tinham ao luxo e aos prazeres. (N.T.)
[10] Nepeta gatária, erva muito apreciada pelos gatos, que ao consumi-la se sentem relaxados. (N.T.)

esforçando-se todos os dias para alcançar novos patamares de perfeição.

Durante todo esse tempo, ela nunca se esquecia da Mais Bela Criatura Que Já Existiu. Meu fornecimento de iguarias era constante, assim como a lista de apelidos, que não parava de aumentar. *Dolce mio* — minha doçura — ela arrulhava, apertando-me contra seus peitos fartos e beijando minha nuca. *Tesorino* — pequeno tesouro — cantarolava ao colocar um prato cheio de picadinho de fígado de galinha a minha frente. Para a senhora Trinci, comida era uma manifestação de amor e ela era efusivamente generosa com ambos.

Estabeleci uma rotina. O café da manhã preparado para o Dalai Lama era servido em nossos aposentos. Então, por volta do meio da manhã, eu descia até o Café Franc, onde Jigme e Ngawang Dragpa trabalhavam no cardápio do almoço. As melhores porções do *menu du jour*, preparados ao meio-dia, eram reservadas para a *Rinpoche*. Eu me deleitava com uma refeição antes da minha soneca de uma hora na prateleira de cima. Quando retornava a Jokhang por volta das quatro da tarde, a senhora Trinci estava terminando seu trabalho na cozinha. Eu pulava na bancada e bastava um miado para que ela trouxesse minha comida, juntamente com generosos elogios a minha refinada aparência, charme, inteligência, linhagem e quaisquer outras das inúmeras qualidades superiores que passassem pela sua cabeça no momento.

Tudo isso teria sido suficiente — alguns diriam mais que suficiente — para satisfazer o mais exigente paladar felino. Mas, repetindo a pergunta a qual tanto filósofos quanto consultores financeiros dedicam sua energia: quanto é suficiente?

Isso me faz lembrar o dia em que comecei a descambar ladeira abaixo e passei de *gourmet a gourmand*.

Lá estava eu subindo a colina voltando do Café Franc, onde havia saboreado uma generosa porção de pato com laranja. Certamente por causa disso, a subida de volta foi mais estafante que o normal, e, pela primeira vez, parei na calçada em frente ao Bazar Preço Baixo. Aconteceu que a senhora Patel, proprietária do estabelecimento, sentada em um banco em frente à porta, imediatamente me reconheceu como a Gata de Sua Santidade. Em um estado de grande excitação, mandou que sua filha me trouxesse do fundo da loja um pires de leite e insistiu para que não continuasse a subida até que houvesse tomado o suficiente para reunir de novo minhas forças. Não querendo fazer desfeita, atendi ao seu pedido.

Enquanto tomava meu leite, a senhora Patel mandou sua filha à mercearia ao lado para que comprasse uma pequena lata de atum, a qual esvaziou em um pires, me oferecendo em seguida. Não tenho o hábito de aceitar comida de estranhos, mas já havia visto a senhora Patel outras vezes. Uma matriarca atarracada que passava boa parte do tempo conversando com transeuntes, ela parecia ser uma mulher gentil e de bom coração. Enquanto ela colocava o pires no chão, o cheiro forte levemente salgado do atum fez minhas narinas dilatarem.

Só algumas mordidas, pensei, para mostrar que estava disposta.

Na tarde seguinte, enquanto subia a colina, mesmo antes de chegar ao Bazar Preço Baixo, a senhora Patel já tinha leite e atum a minha espera. Uma única indulgência começava a se transformar em um hábito insidioso.

O pior ainda estava por vir.

Apenas alguns dias mais tarde, a benevolente senhora Patel me interceptou no meu caminho até o Café Franc. Ela beliscava um pedaço de pão *naan*[11] recheado com frango, e, ao ver-me, separou alguns pedaços do recheio para mim — um lanche no meio da manhã que logo virou rotina

"Gatos sabem o que é bom para eles" é uma frase que às vezes escuto. "Um gato só comerá quando tiver fome" é outra. Infelizmente, caro leitor, isso simplesmente não é verdade! Embora não soubesse disso naquele momento, eu havia começado a trilhar uma estrada perigosa que levaria à infelicidade.

Em Jokhang, o fluxo de visitantes parecia aumentar a cada dia. Mudanças de última hora e ligações telefônicas de longa distância vindas dos quatro cantos do mundo levavam cada vez mais visitantes a fazerem a viagem do aeroporto de Indira Gandhi a Mcleod Ganj. Como sempre, a senhora Trinci fazia questão de combinar sua cuisine com a nacionalidade de seus clientes. Fosse uma *krasnye blini*[12] para um hóspede russo ou um doce de leite para um argentino, nada era poupado para surpreender e encantar os visitantes de Sua Santidade.

Mas quem seria capaz de esquecer o *sorbet* de framboesa que ela planejara para aquele famoso médico indiano, conferencista e escritor em visita à Califórnia? Certamente, nenhum dos integrantes da equipe do Dalai Lama. E nem a própria senhora Trinci.

O visitante foi o terceiro VIP na mesma semana, depois de duas experiências culinárias que haviam testado amargamente a paciência limitada da senhora Trinci. A primeira

---

[11] Pão indiano, similar ao pão árabe. (N. T.)
[12] Blinis, ou panquecas russas. (N.T.)

envolvera uma falha de refrigeração na cozinha principal durante a noite — um acontecimento inexplicável e que acabou atrasando toda a programação de um jeito desastroso. Metade dos produtos na geladeira havia se estragado, o que exigiu visitas frenéticas de última hora ao supermercado, à mercearia e a *delicatessen* em busca de substituições. Dizer que ao fim da tarde a senhora Trinci estava à beira de um colapso nervoso não seria exagero.

Dois dias depois, o prato principal mal havia entrado no forno e o gás acabou. Todo o suprimento de gás da cozinha estava vazio. Não havendo botija de reserva, a senhora Trinci mandou buscar no Mosteiro de Namgyal todas as panelas elétricas que pudessem encontrar, e isso gerou uma falha, na concepção da nossa chefe de cozinha, uma falha imperdoável.

Será que uma terceira catástrofe poderia acontecer? A senhora Trinci havia feito o melhor para evitá-la. Dessa vez o gás foi verificado. A geladeira dos funcionários no andar de cima, que estava sendo usada temporariamente enquanto uma substituta estava a caminho, foi inspecionada e seu conteúdo checado duas vezes. Todos os ingredientes e utensílios da cozinha foram submetidos a uma rigorosa inspeção nunca antes vista. Nada aconteceria de errado naquele almoço.

E nada aconteceu.

Pelo menos, não no começo. Bem antes do previsto, a senhora Trinci já havia colocado sobre a mesa o bolo de chocolate e os bolinhos de alfarroba que havia preparado durante a noite para a sobremesa. Ansiosa, cansada e trabalhando sob a superstição que coisas ruins sempre vêm em três, a senhora Trinci chegou logo depois de Sua Santidade ter saído para seu compromisso no templo no meio da manhã. Ela não queria dar chance ao acaso.

Os aspargos à *niçoise* foram logo colocados na travessa, o arroz *basmati* seguramente confiado a uma das panelas elétricas e os legumes à grelha. Estava na hora de começar a preparar a vagem ao coco.

Mas, ao abrir a embalagem da vagem que estava na geladeira do segundo andar, a senhora Trinci descobriu que tudo estava estragado. De alguma forma, ao serem transferidas da geladeira da cozinha para a geladeira dos funcionários, não haviam sido cuidadosamente verificadas. Enquanto as vagens de cima estavam boas, as da camada de baixo estavam moles e gosmentas. Simplesmente não serviriam.

A expressão da senhora Trinci se tornou mais agourenta do que as nuvens das monções que rolavam por sobre o Vale de Kangra. Latindo para os três monges desafortunados designados para os trabalhos da cozinha naquele dia, ela mandou dois para o mercado em busca de vagens e o outro para o Mosteiro de Namgyal a fim de convocar uma equipe de emergência. Estressada e nervosa, suas pulseiras douradas a chacoalhar toda vez que balançava os braços, a senhora Trinci interpretou o incidente das vagens como sendo um mau presságio do que ainda estava por vir.

O que certamente foi.

Os dois assistentes ainda não haviam retornado do mercado com as vagens. O tempo estava passando. O terceiro assistente fracassou em sua missão de encontrar ajudantes substitutos em Namgyal. A senhora Trinci então rugiu para que procurasse no andar de cima. E foi assim que o assistente de Sua Santidade, Chogyal, se viu no improvável papel de *sous chef* pelo tempo que fosse necessário para que a equipe da Senhora Trinci pudesse ser restaurada.

Sua primeira tarefa foi buscar as framboesas que estavam na geladeira dos funcionários para a preparação do ayurvédico *sorbet* de framboesa.

— Não tem framboesa, ele relatou, ao voltar para a cozinha depois de alguns minutos.
— Não é possível. Eu cheguei ontem à noite. O saco vermelho no freezer. — A senhora Trinci rugia como um tambor enquanto gesticulava para ele voltar de lá de cima.
— O saco vermelho. *SACCHETTO ROSSO!*
Mas não adiantou.
— Definitivamente não está lá — Chogyal confirmou ao retornar pouco depois.- Não há saco vermelho algum.
— *Merda!* — A senhora Trinci fechou a gaveta com força fazendo os talheres sacudirem antes de subir as escadas tempestuosamente.
— Fique de olho nos legumes na grelha!
Ninguém na cozinha deixou de ouvir suas passadas pesadas na escada, o ritmo *staccato* do seu salto enquanto passava pela equipe na cozinha, ou seu uivo exasperado ao confirmar a terrível verdade por ela mesma.
— O que aconteceu? — Quis saber quando voltou. Com a face assumindo um tom marrom arroxeado e olhos em chama, ela despejou as frustrações coletivas das últimas semanas neste momento em particular, uma sabotagem tão chocante que a fez cambalear, não acreditando no que estava acontecendo.
— O saco estava lá ontem à noite. Eu mesma me certifiquei. Agora, *nulla, niente* — nada! Onde estão as framboesas?
— Sinto muito — Chogyal balançou a cabeça.- Não tenho ideia. Seu encolher de ombros displicente não conseguiu aplacá-la.
— Você trabalha lá em cima. Você *deve* saber.
— Minhas instruções foram claras para a equipe da cozinha: não toquem nas framboesas. Não vou conseguir outras. Eu as encomendei especialmente de Déli.

— Assim não, *stupido*! — A senhora Trinci empurrou Chogyal para longe da grelha, de onde ele virava a abobrinha muito devagar para seu gosto. Ela arrancou o pegador de suas mãos.

— Eu não tenho o dia todo!

Ela virou os legumes um a um.

— O que vou fazer? Mandar monges para Namgyal à procura de framboesas?

Chogyal decidiu sabiamente permanecer calado.

— Ligar para todos os restaurantes da cidade? — Ela continuou, sua fúria aumentando.

— Pedir para seu convidado VIP comprar algumas no caminho de Déli para cá?

Ao terminar com os legumes, a senhora Trinci se virou:

— Estou perguntando! — Ela brandiu os pegadores ameaçadoramente no rosto de Chogyal. — O que devo fazer?

Chogyal sabia que qualquer coisa que dissesse sairia errado. Encurralado e cordato, ele optou pelo óbvio:

— Não se preocupe com o *sorbet* de framboesa.

— Não me preocupar?! — Era como se Chogyal houvesse jogado um combustível de alta octanagem em um fogo mal contido. — *Incredibile*! Toda vez que tento fazer algo realmente especial, algo acima do medíocre, vocês sabotam.

De costas para a porta, a senhora Trinci não podia ver o motivo da preocupação súbita de Chogyal. Uma preocupação muito maior do que as framboesas desaparecidas.

— Senhora Trinci — ele tentou intervir.

Mas ela estava em um turbilhão wagneriano.

— Primeiro, foram as instalações não confiáveis — a geladeira. Depois, o fornecimento de gás. Como posso cozinhar sem um fogão? Agora, *porca miséria* — droga — tem gente roubando meus ingredientes!

— Senhora Trinci, por favor! — Chogyal suplicou, com um sorriso amarelo ao franzir as sobrancelhas.

— Linguajar grosseiro!

— Não me venha com esse negócio de "linguajar grosseiro"! — A cavalgada das Valquírias não era nada comparada à senhora Trinci em pleno voo.

— Que tipo de idiota usaria o único saco de framboesas em toda Jokhang um dia antes de um almoço VIP? — Uma espuma branca apareceu no canto de sua boca.

— Que tolo egoísta, que *imbecile*, faria uma coisa dessas?!

Lançando sua fúria ao desafortunado Chogyal, ela não esperava por uma resposta. Mas em meio ao turbilhão, a resposta veio mesmo assim.

— Fui eu — Uma voz suave soou atrás dela.

A senhora Trinci rodou nos calcanhares e encontrou Dalai Lama olhando para ela com imensa compaixão.

— Desculpe-me. Não sabia que não podiam ser consumidas — ele se desculpou. — Vamos ter de nos virar sem elas. Venha me ver depois do almoço.

No meio da cozinha, a coloração vermelha profunda do rosto da senhora Trinci rapidamente se esvaiu. Boquiaberta, ela movia a boca como um peixe, mas nenhum som saía.

Unindo as palmas das mãos na frente do peito, Sua Santidade fez uma breve reverência. Enquanto a senhora Trinci sofria uma convulsão na cozinha, ele se virou para Tenzin, que o estava acompanhando.

— Esse... *sorbet*, o que é isso exatamente? — Perguntou o Dalai Lama, depois que deixaram a cozinha.

— Geralmente, é uma sobremesa, disse Tenzin.

— Feita de framboesas?

— Pode ser feita de uma variedade de sabores, Tenzin explicou. Depois de caminharem um pouco mais, ele acrescentou:

— Na verdade, acho que a senhora Trinci estava planejando servi-lo para limpar o paladar, entre um prato e outro.

— Para limpar o paladar. — Aquilo fez surgir um brilho divertido nos olhos do Dalai Lama, enquanto ele refletia sobre a definição do termo. — A mente da raiva é uma coisa estranha, não é, Tenzin?

Naquela mesma tarde, a senhora Trinci se apresentou no escritório do Dalai Lama. Do conforto do meu peitoril acolchoado, observei sua chegada, desajeitada e acanhada, inundando-se em lágrimas assim que entrou na sala.

Sua Santidade começou assegurando-lhe que o convidado havia elogiado muito o almoço, especialmente os bolinhos de alfarroba, que o fizeram lembrar uma receita de família.

Mas a senhora Trinci sabia que o Dalai Lama não a havia chamado até lá para falar sobre os bolinhos de alfarroba. As lágrimas saltavam de seus olhos cor de âmbar, o rímel escorria pela face enquanto ela confessava ter um temperamento ruim, dizendo coisas imperdoáveis, maltratando Chogyal e qualquer um que estivesse lá na hora. Enquanto a Senhora Trinci chorava, Sua Santidade segurou suas mãos por um bom tempo antes de dizer:

— Sabe, minha querida, não é preciso chorar.

Levando um lenço perfumado ao rosto, a senhora Trinci parecia surpresa com essa ideia.

— É bom, muito bom reconhecermos ter um problema com a raiva. — Continuou

— Eu sempre fui muito explosiva, disse ela.

— Às vezes, sabemos que precisamos mudar nosso comportamento. Mas é preciso sofrer algum tipo de choque para que percebamos que temos de mudar. Começando já.

— *Sì* — A senhora Trinci engoliu uma nova onda de lágrimas.

— Mas como?

— Comece considerando as vantagens de praticar a paciência e as desvantagens de não praticá-la. — Disse Dalai Lama.- Quando alguém está com raiva, a primeira pessoa a sofrer é ela mesma. Ninguém que está com raiva pode ter uma mente calma e feliz.

A senhora Trinci fitou-o intensamente com olhos avermelhados de tanto chorar.

— Nós também precisamos pensar no impacto sobre os outros. Quando dizemos coisas que magoam sem querer, podemos criar feridas profundas que podem não ser curadas. Pense em todos os desentendimentos entre amigos e familiares, afastamentos que levaram a uma ruptura total nas relações, tudo por causa de uma única explosão de raiva.

— Eu sei! — A senhora Trinci lamentou

— Em seguida, devemos nos perguntar: de onde vem essa raiva? Se a causa verdadeira da raiva é a geladeira ou o gás ou a falta das framboesas, então por que os outros não estão com raiva dessas coisas? Sabe, a raiva não está vindo de fora. Está vindo da nossa mente. E isso é uma coisa boa, porque nós não podemos controlar o mundo a nossa volta, mas podemos aprender a controlar nossa própria mente.

— Mas eu sempre fui uma pessoa explosiva — confessou a senhora Trinci.

— Você está sentindo raiva neste momento?- perguntou Sua Santidade.

— Não.
— O que isso lhe diz sobre a natureza de uma mente com raiva?

A senhora Trinci olhou o telhado do templo por um longo tempo, onde o sol do fim da tarde fazia com que a Roda da Lei e os cervos reluzissem.

— Suponho que ela vem e vai.
— Exatamente. Não é permanente. Não é parte de você. Você não pode dizer, "Eu sempre fui uma pessoa explosiva." Sua raiva aparece, permanece e passa, assim como a de qualquer outra pessoa. Pode ser que você a vivencie mais que outras pessoas. E toda vez que você cede a ela, alimenta o hábito e faz com que isso se torne mais provável de acontecer de novo. Não seria melhor, em vez disso, diminuir o seu poder?

— Certamente. Mas não consigo me controlar. Eu não planejo explodir. Simplesmente acontece.

— Diga-me, há algum lugar, alguma situação na qual você fica mais propensa à raiva que outras?

A resposta da senhora Trinci foi imediata:

— Na cozinha. — Disse ela, apontando para baixo.

— Muito bem — disse Dalai Lama, juntando as palmas das mãos com um sorriso.

— De agora em diante, a cozinha de Jokhang não será mais um lugar comum para você. Será uma Casa do Tesouro.

— Pense nela — Sua Santidade continuou — como um lugar onde você encontrará muitas oportunidades preciosas que não estão disponíveis em nenhum outro lugar.

A senhora Trinci estava balançando a cabeça.

— *Non capisco*. Não estou entendendo.

— Você concorda que a raiva que sente, pelo menos em parte, vem de dentro, sim?

— *Sì*.

— E que seria muito bom para você — e para os outros — se você se livrasse dela gradualmente?

— *Sì.*

— Para que isso ocorra, você precisa de oportunidades para praticar a força oposta, que é a paciência. Tais oportunidades muitas vezes não serão oferecidas pelos seus amigos. Mas você encontrará muitas delas aqui em Jokhang.

— *Sì, sì!* — Ela sorriu tristemente.

— É por isso que você pode chamar a cozinha de a Casa do Tesouro. Ela oferece *muitas* oportunidades para se cultivar a paciência e dominar a raiva. Existe uma palavra para essa forma de pensar. — Sua Santidade franziu a testa em concentração. — Chamamos de *Reestruturação*. Sim. Assim mesmo.

— Mas e se eu falhar? — Sua voz estava trêmula.

— Você continua tentando. Não há resultados imediatos para um hábito de longa data. Mas passo a passo você certamente vai progredir, à medida que vir as vantagens.

Ele observou sua expressão ansiosa por um tempo antes de dizer:

— Se você tiver uma mente calma ajuda. Para isso, a meditação é muito útil.

— Mas eu não sou budista.

O Dalai Lama deu uma risada.

— A meditação não é exclusivamente dos budistas. Pessoas de todas as tradições meditam e aquelas que não têm tradição se beneficiam dela também. Você é católica e a Ordem dos beneditinos possui alguns dos melhores ensinamentos sobre meditação. Talvez você possa tentar.

Quando a reunião com a senhora Trinci terminou, eles se levantaram.

— Um dia — Sua Santidade tomou suas mãos e olhou profundamente em seus olhos — talvez você veja o dia de hoje como um divisor de águas.

Sem ter a confiança para falar, a senhora Trinci apenas assentiu enquanto tocava seus olhos levemente com o lenço.

— Quando nosso entendimento sobre algo se aprofunda a tal ponto que muda nosso comportamento, no Darma nós chamamos isso de *realização*. Talvez hoje você tenha tido uma realização, não?

—*Sì, sì*, Sua Santidade — A emoção apertou seus lábios.

— Com certeza.

— Lembre-se das palavras de Buda: "Embora um homem conquiste mil homens mil vezes em combate, aquele que conquista a si mesmo é o maior guerreiro."

Minha própria realização ocorreu poucas semanas mais tarde.

Eu deveria ter ouvido o primeiro alerta — uma observação de Tenzin a Chogyal enquanto eu passeava pela nossa sala um dia.

— GSS está encorpando — ele disse.

Era típico de Tenzin, uma observação tão oblíqua que eu tinha apenas uma vaga ideia do que aquilo realmente significava, então não podia nem me sentir ofendida.

Não havia mais necessidade de treinamento diplomático na cozinha de Jokhang quando retornei na semana seguinte para um jantar de cortesia da senhora Trinci.

Um estranho ar de serenidade invadia a cozinha em cada uma das visitas da senhora Trinci desde a Crise do *Sorbet* de Framboesa. Não era só a calma que prevalecia naquela tarde, mas também o coro celestial do Requiem Sanctus de Fauré que vinha do aparelho de CD que a senhora Trinci havia trazido.

Ao entrar na cozinha, cumprimentei-a com um miado amigável. Não pulei na bancada pela simples razão de que sabia que não conseguiria. Então, em vez disso, olhei para cima.

Atenta como sempre, a senhora Trinci me pegou no colo.

— Ah, pobrezinha *dolce mio*, você não consegue mais pular na bancada! — Ela exclamou, me beijando efusivamente. — É porque você engordou muito.

Eu o quê!?

— Você está comendo demais.

Ela não pode estar falando sério! Isso era jeito de falar com a Mais Bela Criatura Que Já Existiu? Com *Tesorino*? Com *Cara Mia*?

— Você se tornou uma verdadeira leitoazinha.

Mal podia acreditar no que estava escutando. A ideia era simplesmente absurda.

Leitoazinha? *Eu?!*

Poderia ter mordido bem fundo aquele pedaço de carne macio entre o polegar e o indicador da senhora Trinci não fosse pelas coxas de cordeiro ao molho que ela colocou na minha frente. Quando comecei a saborear o molho picante, fui imediatamente absorvida pelo sabor. Os comentários de mau gosto da senhora Trinci não mais ecoavam na minha cabeça.

Seria necessária uma humilhação ainda maior para que eu encarasse meu crescente problema. Enquanto voltava de uma visita matinal ao templo com Sua Santidade, comecei a subir a escada dos nossos aposentos. Por causa da fraqueza nas minhas patas traseiras, preciso subir as escadas com certa velocidade. Mas nas últimas semanas, chegar à velocidade exigida havia se tornado um desafio cada vez maior.

Naquela manhã, contudo, o desafio acabou sendo grande demais.

Ao subir os primeiros degraus, pude sentir que minha energia habitual me deixaria na mão. Consegui chegar ao segundo e ao terceiro degraus, mas em vez de acelerar, algo parecia estar me puxando para trás. O *momentum* de costume simplesmente não estava acontecendo.

No momento crítico, quando estava prestes alcançar o ponto médio do voo, em vez de me esparramar em um pouso seguro, embora deselegante, me vi no ar, debatendo desesperadamente para que minhas patas encontrassem alguma superfície de contato. Em uma câmera lenta surreal, caí para trás e para o lado. Aterrissei pesadamente, metade do meu corpo em um degrau, metade no de baixo. Em seguida, escorregando em solavancos escada abaixo, fiz minha descida humilhante, parando somente aos pés de Sua Santidade.

Em pouco tempo, o Dalai Lama já me carregava em seus braços até nossos aposentos. O veterinário foi chamado. Em cima de uma toalha colocada sobre a mesa de Sua Santidade, fui submetida a um exame completo. Dr. Guy Wilkinson não demorou muito para concluir que eu havia escapado ilesa da queda e, com relação aos outros aspectos da boa saúde, havia uma área em particular que a minha estava seriamente fora de ordem: eu estava muito pesada.

Qual a minha quantidade de comida diária? Ele quis saber.

Essa era uma pergunta que ninguém na equipe de Sua Santidade poderia responder e a qual eu também não fazia questão de responder diretamente. Humilhada o suficiente pela queda, não tinha a intenção de me sentir ainda mais envergonhada ao revelar toda a extensão do meu apetite desenfreado.

Mas a verdade veio à tona. Tenzin fez algumas ligações telefônicas, e, ao final do dia, relatou a Dalai Lama que além das minhas duas refeições diárias em Jokhang, eu estava tendo outras três em outros lugares.

Um novo regime foi logo acordado. Doravante, a senhora Trinci e o Café Franc receberam instruções para me servirem meias-porções. Eu não deveria mais ganhar comida alguma da senhora Patel. Em poucas horas, minha dieta diária havia sofrido mudanças drásticas e permanentes.

Como eu me sentia em relação a tudo isso? Se tivessem me perguntado sobre meus hábitos alimentares, teria admitido que eles precisavam ser melhorados. Imediatamente teria reconhecido que sim, cinco refeições por dia eram demais para uma gata pequena — mas não tão pequena assim. — Eu já sabia que tinha de me controlar. Porém, meu entendimento tinha sido apenas intelectual até a minha queda humilhante. Foi só então que aquele entendimento se transformou em uma *realização* de que deveria mudar meu comportamento.

Minha vida, depois da queda, nunca mais seria a mesma. Naquela noite, no escurinho aconchegante da cama, senti o afago da mão de Sua Santidade. Bastou seu carinho para que eu ronronasse de felicidade.

— Foi um dia difícil, pequena Leoa da Neve. — Ele murmurou — Mas as coisas vão melhorar. Quando vemos com nossos próprios olhos que existe um problema, a mudança acontece mais facilmente.

E realmente aconteceu. Depois do choque inicial por causa das porções menores e a ausência de qualquer comida no Bazar Preço Baixo, só foram necessários alguns dias para que me sentisse menos letárgica. Dentro de semanas, meu andar cambaleante começou a melhorar.

Logo, eu era capaz de pular no balcão da cozinha. E nunca mais rolei nas escadas de Jokhang.

Em uma manhã de sexta-feira, chegou a Jokhang pelos Correios uma caixa de isopor retangular endereçada a senhora Trinci. A caixa foi levada diretamente para a cozinha, onde ela estava preparando uma refeição para o primeiro-ministro da Índia ao som de Andrea Bocelli. Surpresa com a entrega inesperada, a senhora Trinci chamou o *sous chef* do dia:

—Traga-me uma faca para abrir a caixa, Tesouro?

Era o termo que ela agora normalmente usava — só que de vez em quando, por entre os dentes. Seu jeito efusivo era praticamente o mesmo de sempre, mas sua raiva agora surgia mais na forma de lampejos de irritação do que de erupções vulcânicas.

E, curiosamente, parecia que ela já estava sendo recompensada pelo seu autocontrole. Recentemente havia tido notícias de sua filha Serena, que concluíra um curso de *chef* na Itália antes de passar vários anos trabalhando em vários restaurantes europeus contemplados com estrelas *Michelin*. A senhora Trinci ficou mais que satisfeita em saber que Serena decidira que já havia passado tempo suficiente na Europa e que estaria voltando para Mcleod Ganj dentro de poucas semanas.

Com a faca na mão, a senhora Trinci abriu o embrulho misterioso com sua camada protetora, revelando um recipiente de plástico congelado contendo uma mistura de cor vermelho vivo — e um envelope com seu nome.

"Querida senhora Trinci," dizia o bilhete. "Muito obrigado pela maravilhosa refeição ayurvédica que saboreei recentemente com Sua Santidade. Fiquei triste ao saber que não conseguiu preparar o *sorbet* de framboesa que havia planejado. Então espero que goste do presente, preparado de acordo com uma das minhas receitas ayurvédicas favoritas. Que ele possa proporcionar a você e seus convidados saúde e muita felicidade."

— *Mamma mia!* — A senhora Trinci olhava para a carta.

— Que maravilha! Quanta generosidade!

Instantes depois ela abria a tampa e provava o conteúdo.

— Divino! — Disse ela, de olhos fechados enquanto saboreava a mistura por sua toda boca.

— Muito melhor do que eu poderia ter feito.

Ela pegou o recipiente para ver a quantidade.

— Servirá perfeitamente para limpar o paladar hoje.

Mais tarde, ouvi Tenzin e Chogyal conversando sobre o almoço daquele dia. O grande acordo político da ocasião havia sido facilitado em grande parte, pela maravilhosa comida. O primeiro ministro, incapaz de acreditar que a cozinheira de Sua Santidade não era indiana, pediu que a senhora Trinci subisse para lhe dar os parabéns. Aparentemente, ele havia se desmanchado em elogios ao *sorbet* de framboesa.

— Não é interessante ver como tudo deu certo? — Tenzin disse a Chogyal. — A senhora Trinci está muito mais calma e mais feliz ultimamente.

— Com certeza! — Chogyal foi sincero ao concordar.

— E dentre todas as ocasiões que ela poderia ter servido *sorbet* de framboesa, hoje foi uma jogada de mestre.

— É verdade.

Capítulo nove

— Ela está fazendo *o quê*? — A voz de Tenzin soava tensa enquanto falava ao telefone. Levantei minha cabeça de onde tirava um cochilo no arquivo atrás dele. Não era normal que Tenzin, o diplomata perfeito, reagisse a qualquer coisa com tanta veemência.

Do outro lado da mesa, vi a surpresa surgir no rosto de Chogyal.

— Sim, claro. -Tenzin pegou um porta retrato de moldura prateada de cima de sua mesa. Era a foto de uma mulher jovem de vestido preto tocando violino com uma orquestra atrás dela. Sua mulher, Susan, era uma grande musicista quando se conheceram há alguns anos na Universidade de Oxford. Isso foi antes de Tenzin aceitar o melhor trabalho de sua vida, como conselheiro de Sua Santidade para assuntos diplomáticos. E muito antes da chegada do primeiro filho, Peter, e da filha, Lauren. Lauren tinha 14 anos — uma idade, Tenzin confidenciou a Chogyal, feita para testar a paciência dos pais. Desconfiei que a ligação tinha algo a ver com ela.

— Falaremos sobre isso mais tarde. -Tenzin desligou.

Como geralmente acontece quando se tem filhos nessa idade, Tenzin estava passando por um período complicado. E como se não bastasse, além de suas grandes responsabilidades, estava planejando a mudança do arquivo de Sua Santidade, que seria transportado na semana seguinte.

Mais de 60 anos de documentação importante haviam se acumulado na sala ao lado e, apesar de muita coisa já ter sido escaneada e arquivada eletronicamente, ainda havia muitos acordos diplomáticos, registros financeiros, licenças e outros documentos que precisavam ser mantidos. Tenzin havia arrumado uma sala segura no Mosteiro de Namgyal onde seria o futuro repositório da maioria desses documentos e tinha planejado tudo meticulosamente para que os arquivos fossem transferidos ao longo desses três dias — durante os quais Sua Santidade não receberia visitante algum. Dessa forma, a confusão seria a mínima possível.

Na maioria das organizações, tarefas desse tipo entrariam na categoria de "tédio administrativo". Mas em Jokhang, tudo tem uma importância diferente, até mesmo quando a mais rotineira das tarefas é realizada.

Transferir o arquivo de Sua Santidade era um bom exemplo disso. Tenzin havia planejado tudo enquanto tomava uma xícara de chá com o Dalai Lama. Sua Santidade concordou e, para surpresa de Tenzin, disse que escolheria pessoalmente os monges que ajudariam na mudança.

Na manhã seguinte, Sua Santidade voltou de sua primeira sessão diária no templo com dois monges jovens e saudáveis que receberiam as instruções de Tenzin. Havia também dois irmãos noviços de olhos grandes, Tashi e Sashi. Eles ainda não haviam chegado à adolescência e se prostravam toda vez que o Dalai Lama olhava para eles.

— Já temos os voluntários para a mudança. O Dalai Lama apontou para os dois jovens. — E também dois ajudantes para cuidar da GSS.

Se Tenzin ficou surpreso com esse anúncio, não demonstrou. Qual plano de mudança de arquivo não incluiria o gerenciamento felino como uma parte essencial? Era verdade que o tráfego de arquivos na sala dos assistentes atrapalharia minha inatividade diária. Minha plataforma de observação teria de ser retirada do caminho. Por isso, decidiram que durante essas três manhãs eu ficaria na sala de visitantes ao lado. Uma sala espaçosa e iluminada com poltronas e mesinhas de centro, vários jornais e uma mesa de canto com um computador. Era o local onde as pessoas geralmente esperavam antes de uma audiência com Sua Santidade.

O Dalai Lama pessoalmente explicou as tarefas a Tashi e Sashi. Eu seria carregada muito gentilmente até a sala dos visitantes e colocada no parapeito do canto onde havia um cobertor de lã dobrado para mim. Duas tigelas com água e ração deveriam estar sempre limpas e cheias. Caso eu quisesse descer as escadas, deveria estar acompanhada para não correr o risco de ser pisoteada. Enquanto eu estivesse dormindo, os noviços deveriam meditar perto de mim, recitando o mantra *"Om Mani Padme Hum."*

— Acima de tudo, — a expressão no rosto de Sua Santidade era firme — vocês devem tratá-la como tratariam seu lama favorito.

— Mas o *senhor* é o nosso lama favorito! — Sashi, o mais novo dos noviços irrompeu impetuosamente, unindo as palmas das mãos na frente do peito.

— Neste caso, — Sua Santidade sorriu — trate-a como se ela fosse o Dalai Lama.

E foi exatamente o que eles fizeram, com a reverência que eu só havia recebido no Café Franc. Ao fim daquela primeira manhã, ao retornar à sala dos assistentes, encontrei meu arquivo deslocado para um canto da sala. Como a maioria dos gatos, não há nada que eu goste mais do que uma cena familiar com uma ligeira mudança de orientação, então pulei imediatamente no arquivo para olhar para baixo e ver a sala de uma nova perspectiva.

A essa altura, já havia me esquecido da voz alterada de Tenzin ao telefone na semana anterior, mas naquela tarde, ao terminar uma conversa com sua mulher, ficou claro que algo o estava incomodando.

Chogyal olhou para cima empaticamente.

— É Lauren.- ele confirmou. Semana passada, Susan entrou em seu quarto e a encontrou sentada na cama, com um olhar furtivo como a esconder algo atrás dela. Ela fingiu que estava tudo bem, mas Susan sabia que não era verdade.

— Lauren tem estado um pouco estranha ultimamente. Cansa-se com facilidade e tem se sentindo fraca. Não tem sido ela mesma. Um dia, Susan estava aspirando o quarto de Lauren e encontrou algumas pedras debaixo da cama.

Tamanhos diferentes. Susan não conseguiu entender. Ela se perguntou se aquilo era o que Lauren estava escondendo. Mas por que pedras?

— Quando Susan perguntou a ela sobre as pedras, Lauren começou a chorar. Demorou um pouco até que ela confessasse porque estava envergonhada. Estava comendo pedras.

Chogyal parecia espantado.

— Pedras de...?

— Ela sentiu essa compulsão estranha e incontrolável de ir até o jardim, pegar uma pedra e começar a mastigá-la.

— Coitadinha!

— Susan a levou ao médico. Pelo jeito, o que ela tem é incomum, mas existe. Por vezes, garotas adolescentes sentem vontade de comer giz, sabão e outras coisas por causa de deficiências nutricionais. No caso dela, deficiência de ferro.

— Ah! Chogyal entendeu de imediato. Ela é vegetariana? Tenzin concordou. Igual à mãe.

— Ela não pode tomar suplemento de ferro?

— Como medida de curto prazo. Mas como medida permanente o médico acredita que o ferro deve fazer parte de sua dieta diária. Ele sugere carne magra, de preferência vermelha. Mas ela não aceita isso.

— Por princípios?

— Ela diz, "Não quero ser responsável pela matança de animais! Por que não posso simplesmente tomar um suplemento?" Susan e eu estamos preocupados.

— É difícil persuadir uma adolescente.

— Crianças nessa idade não escutam os pais. — Tenzin balançava a cabeça.- Estou pensando em uma outra solução.

Descobri a tal solução dois dias depois. Foi o terceiro e último dia da mudança do arquivo. Estava cochilando na sala dos visitantes, os dois monges noviços entoavam seus mantras suavemente ao meu lado, quando Tenzin chegou rebocando Lauren, carregando sua mochila da escola. As aulas do dia já haviam terminado, e como sua mãe precisou sair, ela teve de vir até Jokhang para fazer seus deveres de casa. Esse arranjo acontecia um bocado de vezes ao longo do ano. Geralmente, ela sentava no escritório com Tenzin e Chogyal, mas devido à agitação da mudança dos arquivos, Tenzin a colocou na mesa do canto da sala dos visitantes.

Essa, pelo menos, era a história de fachada.

Retirando seus livros da mochila, Lauren começou a fazer seu trabalho de inglês. Absorta no exercício de compreensão, seu rosto se encheu de prazer quando, meia hora mais tarde, a porta da suíte de Sua Santidade se abriu e ele apareceu.

— Lauren! Que bom ver você! — Ele uniu as palmas das mãos na frente do peito e fez uma reverência.

Ela já havia se levantado da cadeira e também o reverenciou, antes de lhe dar um abraço tímido. — Como você está, minha querida?

A maioria de nós responderia educadamente àquela pergunta sem entrar em detalhes. Mas talvez porque o Dalai Lama houvesse perguntado, ou talvez pelo modo que ele a fez sentir naquele momento, em vez de dar uma resposta rotineira, ela disse:

— Eu tenho uma deficiência de ferro, Sua Santidade.

— Oh! Sinto muito. — Tomando suas mãos, ele sentou-se em um dos sofás sinalizando para que ela se sentasse ao seu lado.

— O médico disse isso?

Ela assentiu.

— Tem tratamento?

— A questão é essa. — Seus olhos se encheram de lágrimas. -Ele diz que eu tenho de comer carne.

— Ah, sim. Você é vegetariana.- Ele acariciou sua mão, reconfortando-a.

— Ser vegetariano em tempo integral é o ideal.

— Eu sei. — Ela concordou tristemente.

— Se por compaixão alguém resolve se abster completamente de comer carne, isso é o melhor. Portanto, todos os que puderem, deveriam considerar fazer assim. Mas, se por razões médicas, você só puder ser vegetariano na *maior* parte do tempo, então é isso que você deve fazer.

— Na maior parte do tempo?

Ele assentiu. Médicos também me disseram que eu devo comer carne às vezes, por motivos nutricionais.

— Não sabia disso. — Ela o escutou atentamente.

— Sim. Resolvi que, mesmo não podendo ser vegetariano o tempo todo, eu seguiria uma dieta vegetariana tanto quanto possível, mas moderadamente. Ser ou não ser vegetariano não precisa ser oito ou oitenta. É possível encontrar um meio-termo. Comer carne, às vezes, para fins nutricionais, mas não precisa ser o tempo todo. Meu desejo sincero é que todos considerem fazer a mesma coisa.

Parecia que Lauren nunca havia considerado essa possibilidade.

— Mas o que acontece quando você não quer que animal algum seja morto para que possa comer? — ela perguntou.

— Lauren, você tem bom coração! Mas tal coisa não é possível.

— É possível para vegetarianos.

— Não. — Sua Santidade balançou a cabeça negativamente. — Nem para eles.

Lauren franziu sua testa.

— Seres sencientes são mortos todos os dias por causa da dieta vegetariana. Quando a terra é desmatada para plantações, o hábitat é destruído e muitos seres menores são mortos. Então a terra é plantada e pesticidas são utilizados, matando-se milhares de insetos. Você vê, é muito difícil não prejudicar outros seres, especialmente no que se refere à comida.

Para Lauren, que pensava que ser vegetariana significava que seres vivos não seriam prejudicados, essa era uma descoberta bem difícil. Sua certeza estava sendo abalada.

— O médico disse que eu tenho de comer carne magra, tipo carne bovina. Mas do ponto de vista compassivo, se você deve comer a carne de outro animal, não seria melhor comer peixe?

Sua Santidade balançou a cabeça.

— Entendo o que você está dizendo, mas há os que diriam que comer carne bovina é melhor, porque uma única vaca pode fornecer mais do que mil refeições. Um peixe, apenas uma. Às vezes, muitos camarões são necessários, muitos seres sencientes, para apenas uma refeição.

Lauren olhou para o Dalai Lama por um longo tempo. Finalmente disse:

— Não sabia que era tão complicado.

— É um assunto muito extenso — concordou ele. — Você encontrará pessoas que lhe dirão que há somente um jeito, o jeito como elas acham certo, e que todas as outras pessoas devem mudar suas opiniões para ser como elas. Mas na verdade é uma questão de escolha pessoal. O mais importante é certificar-se que nossas decisões são guiadas por compaixão e sabedoria.

Ela concordou com seriedade.

— Antes de comermos qualquer refeição, vegetariana ou com carne, devemos sempre nos lembrar dos seres que morreram para que pudéssemos comer. Suas vidas eram tão importantes para eles como a sua é para você. Pense neles com gratidão e peça para que seu sacrifício tenha sido um motivo para que eles renasçam em um reino superior — e para você ser mais saudável, para que possa rapidamente alcançar a iluminação completa para conduzi-los ao mesmo estado.

— Sim, Sua Santidade. — Disse Lauren, fazendo uma reverência.

Por um instante, toda a sala foi preenchida com uma luz envolvente. No canto, perto de onde eu estava tirando um cochilo, os dois noviços, que tinham ouvido a conversa, continuaram a recitar seus mantras.

Sua Santidade levantou-se do sofá, e enquanto andava pela sala, disse:

— Dentro do possível, é útil pensar em outros seres como sendo exatamente como nós mesmos. Todo ser vivo luta pela felicidade. Todo ser quer evitar todas as formas de sofrimento. Eles não são apenas objetos ou coisas para serem usados para o nosso benefício. Mahatma Gandhi disse uma vez: "A grandeza de uma nação e o seu progresso moral podem ser julgados pela maneira que seus animais são tratados." — Não é interessante?

No fim daquela tarde eu estava com o Dalai Lama, no meu lugar habitual no parapeito. Ouvimos uma batida hesitante na porta e logo em seguida ela se abriu, então os dois noviços apareceram.

— Sua Santidade queria nos ver? — Tashi, o mais velho, perguntou, um pouco nervoso.

— Sim, sim. — O Dalai Lama abriu uma das gavetas de sua mesa e retirou dois *malas* de sândalo, ou pulseiras com contas de oração. — Isso é um pequeno presente para agradecê-los por cuidarem de GSS, disse.

Os meninos aceitaram os *malas*, agradecendo com uma reverência solene.

Sua Santidade falou mais alguma coisa sobre a importância da atenção plena e depois lhes deu um sorriso benevolente.

A curta audiência havia terminado, mas os dois noviços permaneciam no mesmo lugar, trocando olhares assustados.

Foi só quando o Dalai Lama disse, "vocês podem ir", — que Tashi falou com voz trêmula:

— Posso lhe fazer uma pergunta, Sua Santidade?
— Claro.- respondeu, com um brilho nos olhos.
— Ouvimos o que o senhor disse mais cedo sobre os seres vivos. Que eles não são só objetos para serem usados.
— Sim, sim.
— Temos que fazer uma confissão. Fizemos algo terrível.
— Sim, Sua Santidade — interveio Sashi — mas foi antes de nos tornamos noviços.
— Nossa família em Nova Déli era muito pobre. — Tashi começou a explicar.
— Certa ocasião, encontramos quatro filhotes de gato em um beco e os vendemos por sessenta rúpias.
— E dois dólares. — Sashi acrescentou.
— Ninguém lhe perguntou?- disse Tashi.
— Talvez eles tenham sido comprados só para virarem pele — Sashi arriscou um comentário.

No parapeito olhei para cima de repente. Deveria acreditar no que estava ouvindo? Esses dois noviços eram realmente os mesmos demônios inescrupulosos que cruelmente me roubaram da segurança e do aconchego da minha casa? Que brutalmente haviam arrancado meus irmãos e eu de nossa mãe antes de sermos desmamados? Que haviam nos tratado como uma mera mercadoria? Como eu poderia esquecer a maneira como eles me humilharam, me jogando em uma poça de lama, ou como, quando viram que não conseguiriam me vender, planejaram simplesmente me matar?

Junto com o choque senti o ressentimento dentro de mim.

Mas então pensei: se eles não tivessem me vendido, provavelmente eu teria morrido ou estaria condenada a uma vida de sofrimento em uma favela de Nova Déli. Em vez disso, aqui estava eu, a Leoa da Neve de Jokhang.

— Sim. — continuou Tashi.

— Aquele último filhote era pequeno e mal podia andar.
— Iríamos nos livrar dele. — Sashi acrescentou.
— Eu já estava enrolando-o em um jornal. — disse Tashi.
— Parecia que ele já estava quase morto.
— Então — disse Sashi — um executivo rico nos ofereceu dois dólares. Do nada.- A emoção daquele momento ainda estava muito nítida na sua mente.
Na minha também.
Mas seus sentimentos em relação ao acontecido haviam sofrido uma metamorfose.
— Entendemos que fizemos algo terrível. — Os dois pareciam estar arrependidos. — Usando filhotes para benefício próprio.
— Entendo. — Sua Santidade assentiu com a cabeça.
— Principalmente o filhote mais novo. — disse Tashi.
— Ele estava muito fraco — Sashi balançou a cabeça. Recebemos aquele dinheiro todo, mas provavelmente o filhote morreu.
Muito nervosos, os dois irmãos olharam para Sua Santidade, se preparando para uma condenação furiosa por seu egoísmo.
Mas a condenação não veio.
Em vez disso, o Dalai Lama lhes disse seriamente:
— No Darma, não há espaço para a culpa. A culpa é inútil. Não adianta se sentir culpado por alguma coisa no passado que não podemos mudar. Mas arrependimento? Sim. Ele é mais útil. Vocês se arrependem sinceramente do que fizeram?
— Sim, Sua Santidade — responderam em uníssono.
— Vocês se comprometem a nunca mais machucar um ser vivo dessa maneira?
— Sim, Sua Santidade!

— Quando praticarem a compaixão na meditação, pensem em todos esses filhotes e nos vários seres fracos e indefesos que precisam do seu amor e atenção.

O rosto de Sua Santidade se iluminou.

— Como esse filhote muito fraco que vocês pensaram que tivesse morrido, eu acho que descobrirão que se tornou um ser muito bonito. Ele apontou para onde eu estava no parapeito.

Ao se virarem para me olhar, Tashi exclamou:

— A gata de Sua Santidade?

— Foi uma pessoa da minha equipe que pagou os dois dólares. Tínhamos acabado de voltar da América, e ele não tinha rúpias.

Ao se aproximarem, acariciaram minhas costas e pescoço.

— Que bom que todos desfrutamos esse belo lar que é o Mosteiro Namgyal, — disse Sua Santidade.

— Sim, concordou Sashi.

— Mas a maneira como passamos os últimos três dias cuidando da mesma gata que um dia vendemos é um carma muito estranho.

Talvez essa parte não seja estranha. Acredita-se que o Dalai Lama é clarividente. Eu acredito que o motivo que fez com que o Dalai Lama escolhesse os dois noviços para cuidar de mim tenha sido exatamente por causa de suas ações passadas. Ele estava lhes proporcionando uma oportunidade para se redimirem.

— Sim, o carma nos coloca em todos os tipos de situações inusitadas. — disse Sua Santidade. — Esse é outro motivo pelo qual devemos agir com amor e compaixão em relação a todos os seres vivos. Nunca sabemos em quais circunstâncias os encontraremos novamente. Às vezes, até na mesma vida.

Capítulo dez

Querido leitor, você alguma vez já se sentiu paralisado por uma indecisão? Já se viu frente a uma situação em que, se por um lado você faz isso, aquilo ou aquilo-outro, há um resultado, mas, caso faça diferente, algo muito melhor possa acontecer. Só que as chances de isso dar certo são bem mais remotas? E então, talvez seja mais garantido manter a primeira decisão?

Você talvez tenha pensado que nós gatos nunca sofremos esse tipo de complexidade cognitiva. Talvez tenha acreditado que a sobrecarga existencial seja uma característica única dos *Homo sapiens*.

Se esse for o caso, nada poderia estar mais longe da verdade. *Felis catus* — o gato doméstico — talvez não tenha uma carreira para seguir, um empreendimento comercial para fazer ou qualquer outra tarefa no turbilhão de atividades que fazem dos humanos seres tão incessantemente ocupados. Porém, há um aspecto em que somos iguais.

É claro, estou falando dos assuntos do coração.

Vocês humanos podem esperar desesperadamente por uma determinada mensagem no celular, um e-mail, uma ligação telefônica. Nós gatos temos maneiras diferentes de nos comunicar. A maneira não importa. O importante é aquela confirmação que ambos buscamos desesperadamente.

Era exatamente nesse limiar que eu estava em relação ao meu amigo tigrado. Minha atração foi instantânea desde o primeiro momento em que o vi sob a luz verde. Quando nos encontramos frente a frente, durante minha estada na casa de Chogyal, houve um *frisson* mútuo, inconfundível. Mas agora que já não estava mais hospedada lá, será que ele saberia onde eu moro? Será que eu deveria tomar a iniciativa — digamos, atravessar o pátio do templo numa noite e explorar o submundo sombrio mais além? Ou será que deveria permanecer fria e enigmática, uma felina misteriosa, e esperar que ele venha me procurar?

Foi Lobsang, o tradutor de Sua Santidade, que trouxe a luz que eu tanto precisava para esclarecer aquela situação. E, como sempre acontece nesses casos, tudo aconteceu da forma mais inesperada possível. Lobsang tinha trinta e poucos anos, era um monge budista magro e alto que veio originalmente do Butão, onde era um parente distante da família real. Ele foi educado no Ocidente e estudou nos Estados Unidos, onde se formou em Linguagem e Semiótica na Universidade de Yale. Além da altura e da inteligência, havia alguma coisa a mais em Lobsang. Era possível sentir sua aura de calma no momento em que ele adentrava qualquer sala. Sua figura era repleta de serenidade. Uma tranquilidade profunda e permanente parecia emanar de cada célula do seu corpo, afetando a todos ao seu redor.

Além das suas responsabilidades como tradutor, Lobsang era o responsável pela TI em Jokhang. Sempre que havia um computador que não cooperava, uma impressora mal-humorada ou um receptor de satélite sintonizado no modo passivo-agressivo, Lobsang era chamado para aplicar sua lógica calma e incisiva ao problema.

Assim, quando o modem principal de Jokhang parou de funcionar uma tarde, não demorou cinco minutos para que Tenzin o chamasse até sua sala no fim do corredor. Após algumas verificações simples, Lobsang concluiu que o problema era uma falha na linha telefônica. A companhia telefônica foi contatada imediatamente.

E foi assim que Raj Goel, representante do serviço de suporte técnico da Dharamsala Telecom, veio até Jokhang no fim da tarde. Um jovem ligeiro de vinte e poucos anos, corpo esguio e cabelo denso, ele parecia extremamente entediado por ter de prestar serviços de assistência técnica a um cliente. Que afronta! Que audácia!

Com cara de carranca e maneira brusca, ordenou que o mostrassem o modem e as linhas telefônicas de Jokhang, as quais estavam localizadas em um pequeno cômodo no final do corredor. Jogando com raiva sua maleta de metal sobre uma prateleira, abriu as travas, retirou uma lanterna e uma chave de fenda, e foi logo cutucando e remexendo um emaranhado de cabos, enquanto Lobsang o observava a alguns metros de distância, calmo e atento.

— Que bagunça esse lugar — Raj Goel rosnou em meio a respiração.

Lobsang deu a impressão de não ter ouvido o comentário.

Grunhindo enquanto se ajoelhava para seguir um cabo conectado ao modem, o técnico resmungava soturnamente sobre a integridade dos sistemas, interferência e outros assuntos misteriosos antes de pegar o modem com raiva, puxando uma série de cabos da parte de trás, e revirando-os com as mãos.

Enquanto Raj Goel desopilava o fígado, Tenzin passou pelo cômodo. Ele encontrou no olhar de Lobsang uma expressão seca de divertimento.

— Vou ter de abrir isso aqui — disse o técnico para Lobsang em tom de acusação.

O tradutor de Sua Santidade fez que sim com a cabeça.

— Sem problemas.

Vasculhando sua maleta atrás de uma chave de fenda menor, Raj Goel começou a resolver o problema do modem quebrado.

— Não tenho tempo para religião.

Será que ele estava falando sozinho? A voz dele parecia alta demais para isso.

— Isso é baboseira supersticiosa — reclamou momentos depois, em um tom ainda mais alto.

Lobsang não se perturbou com aquelas palavras. Na verdade, um pequeno sorriso parecia ter se formado em seus lábios.

Porém, Raj Goel estava louco por uma briga. Lutando com um parafuso que não queria sair enquanto se debruçava sobre o modem, dessa vez ele falou em um tom que exigia uma resposta:

— De que adianta ficar enchendo a cabeça das pessoas com essas crenças bobas?

— Concordo! — Lobsang respondeu. — Não faz o menor sentido.

— Uuh! — o técnico exclamou alguns minutos depois de vencer a luta contra o parafuso com um olhar de triunfo.

— Mas você é religioso — falou, fuzilando Lobsang com o olhar. — Você é adepto.

— Mas eu não penso assim não — dava para sentir uma profunda calma em Lobsang. Depois de um instante, ele continuou:

— Uma das últimas coisas que Buda disse aos seus seguidores foi que tolo era aquele que acreditasse em um ensinamento sem comprová-lo por experiência própria.

O suor começava a molhar a camisa de poliéster do assistente técnico. A reação de Lobsang não foi como ele esperava.

— Palavras traiçoeiras — resmungou ele. — Vejo as pessoas reverenciando Budas em templos. Entoando orações. O que é isso se não uma fé cega?

— Antes que eu lhe responda, deixe-me perguntar uma coisa. — Lobsang se apoiou no vão da porta. — Lá está você na empresa onde trabalha, Dharamsala Telecom, e um dia recebe duas ligações pela manhã: uma de um cliente que acidentalmente derrubou um móvel de arquivo em cima do modem e a outra de um cliente que ficou com tanta raiva de sua esposa por ela ter feito compras *online* que destruiu o modem com um martelo. Em ambos os casos, os modens estão quebrados e precisam ser consertados ou substituídos. Você trata os dois clientes da mesma forma?

— Claro que não! Raj Goel franziu o cenho. — O que isso tem a ver com se curvar e ficar adulando Budas?

— Bastante — a maneira tranquila de Lobsang não poderia ter contrastado mais com a aspereza de Raj Goel:

— Vou explicar por quê. Mas aqueles dois clientes...

— Mas um foi acidente — interrompeu o técnico, com a voz alterada — o outro foi um ato deliberado de vandalismo.

— Você está dizendo que a intenção é mais importante do que a ação propriamente dita?

— Claro.

— Então, quando uma pessoa se curva diante de Buda, o que realmente importa é a intenção, e não a reverência?

Foi nesse momento que o representante do suporte técnico começou a perceber que ele mesmo havia se colocado em uma sinuca de bico. Não que ele estivesse prestes a recuar.

— A intenção é óbvia — ele argumentou.

Lobsang deu de ombros.

— Diga-me você.

— A intenção é que você está implorando perdão a Buda. Você espera por salvação.

Lobsang caiu na risada. No entanto, seus modos eram tão gentis que pela primeira vez a indignação de Raj Goel pareceu minguar.

— Acho que talvez você esteja pensando em outra coisa — Lobsang disse depois de um tempo — Seres iluminados não podem tirar seu sofrimento ou lhe trazer felicidade. Se pudessem fazer isso, já não teriam feito?

— Então por que se preocupar? — o técnico balançava a cabeça enquanto mexia no modem.

— Como já lhe disse, a intenção é importante. A estátua de Buda representa um estado de iluminação. Budas não precisam de reverências. Por que eles se importariam? Quando fazemos prostrações, estamos lembrando que nosso próprio potencial natural é iluminado.

Nesse momento, Raj Goel já havia retirado a tampa do modem e estava mexendo nas conexões dos circuitos internos.

— Se você não cultua Buda — ele tentava manter sua voz baixa, embora parecesse um esforço — o que é o budismo?

A essa altura, Lobsang já havia analisado o visitante o bastante para lhe dar uma resposta a qual ele pudesse reagir:

— A ciência da mente — disse ele.

— Ciência?

— E se alguém passou dezenas de milhares de horas de investigação rigorosa para descobrir verdades sobre a natureza da consciência? Suponhamos que outras pessoas reaplicassem essa pesquisa ao longo de centenas de anos. Não seria fantástico ter um entendimento intelectual do potencial da mente e também estabelecer um caminho mais rápido e direto para alcançá-lo? Esta é a ciência do Budismo.

Após mexer dentro do modem, Raj Goel recolocou a tampa. Depois de algum tempo, falou:

— Tenho interesse em física quântica — depois de um momento de silêncio, anunciou — O modem está funcionando, mas tenho de reiniciá-lo por medida de precaução. Já fiz o relatório sobre a falha na linha. Ela deverá estar funcionando dentro de 12 horas.

Talvez a presença extremamente calma de Lobsang começasse a afetá-lo. Ou talvez tenham sido as explicações do tradutor que o impediram de seguir em frente. O fato é que não houve mais reclamações e resmungos até que o visitante terminasse o serviço e guardasse suas ferramentas.

No caminho de volta pelo corredor, ao passarem pela sala de Lobsang, o tradutor disse:

— Tenho algo aqui que pode interessá-lo — ele se abaixou para pegar um livro de uma das estantes na parede.

— *A Física Quantica e o Lótus*[13]- Raj Goel leu o título antes de folhear o livro.

— Você pode pegar emprestado se quiser.

Havia uma inscrição de um dos autores, Matthieu Ricard, na folha de rosto do livro.

— Está assinado — notou o visitante.

— Matthieu é um amigo meu.

---

[13] Livro escrito por Matthieu Ricard e Trinh Xuan Thuan — *The Quantum and the Lotus*; título do livro em inglês, ainda sem tradução em português (N.T.)

— Ele já visitou Jokhang?

— Eu o conheci nos Estados Unidos — disse Lobsang — Morei lá por dez anos.

Pela primeira vez, Raj Goel olhou para Lobsang atentamente. Aquela revelação foi a coisa mais interessante que o tradutor havia dito. Tomar consciência do seu potencial. Alcançar a iluminação. Blá, blá, blá. Mas *morar nos Estados Unidos por dez anos?!*

— Obrigado — agradeceu o visitante, guardando o livro dentro de sua maleta. — Trarei de volta.

Na tarde da segunda-feira seguinte, escutei a voz de Raj Goel vindo do corredor. Como visitantes extraordinariamente rudes são raros em Jokhang, minha curiosidade interrompeu minha *siesta* e me atraiu até o visitante de Lobsang, o qual estava entrando na sala.

Será que o técnico estava atrás de outra briga?

Mas o Raj Goel que acabara de chegar era uma pessoa diferente daquele assistente técnico rude e rabugento da semana anterior. Sem toda aquela hostilidade energizante, sua imagem era meio desamparada, com sua camisa desabotoada e maleta maltratada.

— Não houve mais problemas com as linhas telefônicas? — ele confirmava, enquanto eu sapateava atrás de Lobsang.

— Funcionando perfeitamente, obrigado. — Lobsang estava sentado à mesa.

Sua visita retirou o livro emprestado de dentro de sua maleta e disse:

—Este livro me proporcionou uma perspectiva interessante.

O que ele quis dizer era: "Desculpe-me por ter sido tão desagradável na semana passada."

Como era formado em Semiótica, Lobsang entendeu o que ele quis dizer.

— Bom — ele concordou — espero que tenha achado o livro estimulante.

Com isso ele quis dizer: "Desculpas aceitas. Todos nós temos nossos dias ruins."

Houve uma pausa. Depois de colocar o livro sobre a mesa de Lobsang, Raj Goel deu um passo para trás. Não olhou para Lobsang diretamente, mas em volta do escritório por alguns instantes como se procurasse as palavras certas.

— Então... Você morou nos Estados Unidos? — perguntou ao acaso.

— Sim.

— Por dez anos?

— Exatamente.

Depois de uma longa pausa:

— Então, como é?

Lobsang se levantou e esperou até que Raj Goel finalmente o olhasse nos olhos:

— Por que você quer saber?- Porque quero morar lá por um tempo, mas minha família quer que eu me case — Raj Goel começou a se abrir.

Parecia que a pergunta de Lobsang havia quebrado uma espécie de barreira. Depois que começou a falar, não conseguia mais parar.

— Meus amigos que moram em Nova Iorque estão sempre me chamando para morar lá com eles. Eu tenho muita vontade de fazer isso, porque sempre quis conhecer a cidade, ganhar uns dólares e quem sabe até conhecer uma estrela de cinema. Mas meus pais já escolheram a garota com quem eu devo me casar, e os pais dela também querem isso. Eles dizem que eu sempre poderei visitar os Estados Unidos. Tem também o meu chefe que está me pressionando para que eu faça um treinamento para desenvolvimento em gestão, mas, se eu fizer, terei de ficar na companhia por seis anos e estou me sentindo preso. Desse jeito, a pressão do trabalho está insuportável.

Depois dessa tempestade repentina, a calma no escritório de Lobsang foi restaurada. Ele fez um gesto apontando para duas cadeiras em um canto.

— Gostaria de tomar uma xícara de chá?

Pouco tempo depois, os dois estavam sentados lado a lado. Enquanto Lobsang tomava seu chá, Raj Goel não poupou detalhes sobre seus conflitos — conflitos que eram, sem sombra de dúvida, o motivo real do comportamento desagradável da semana anterior. Ele falou sobre a agonia que sentia ao ver as postagens de seus amigos no *Facebook* e *Youtube* de suas viagens pelos Estados Unidos. De como seus pais achavam que um cargo de gerência na Dharamsala Telecom era o máximo que ele poderia almejar, mas ele tinha suas próprias, e mais ousadas ideias. Falou também de como seus instintos de abrir as asas estavam em constante tensão, por conta da lealdade que tinha por seus pais, que haviam feito grandes sacrifícios para lhe dar uma boa educação.

As últimas semanas em particular tinham sido um momento de grande ansiedade e noites sem dormir. Ele disse a Lobsang como havia tentado ser racional e pesar os prós e contras de cada decisão.

Foi nesse momento que meu interesse casual na conversa de repente se tornou pessoal. Tentar pesar cada decisão — isso soava familiar! Raj Goel e eu estávamos no mesmo barco.

Finalmente, o visitante confessou o verdadeiro propósito da sua visita naquela manhã:

— Queria que você me desse alguns conselhos para me ajudar a chegar a uma decisão.

Acomodando-me em uma poltrona vazia, olhei fixamente para Lobsang com meus olhos azuis. Estava muito interessada no que ele tinha a dizer.

— Não possuo sabedoria especial — disse Lobsang, do mesmo jeito que os praticantes especialmente sábios sempre fazem. — Não tenho qualidades nem tampouco realizações. Não sei por que você acha que posso lhe aconselhar.

— Mas você morou nos Estados Unidos por dez anos. — Raj Goel foi veemente. — E... — Lobsang esperou que terminasse — você sabe das coisas.

Raj Goel baixou os olhos como se estivesse envergonhado em admitir aquilo, especialmente para um homem cuja capacidade mental ele havia questionado apenas uma semana atrás.

Lobsang simplesmente perguntou:

— Você ama a garota?

Raj Goel pareceu surpreso com a pergunta. Ele deu de ombros.

— Vi uma foto dela apenas uma vez.

Sua resposta permaneceu suspensa no ar por um tempo, como uma nuvem de fumaça.

— Me disseram que ela quer ter filhos, e meus pais querem netos.

— Seus amigos nos Estados Unidos. Quanto tempo ficarão por lá?

— Eles têm visto de dois anos. Planejam viajar de costa a costa.

— Se quiser se juntar a eles, você tem de ir...?

— Em breve.

Lobsang assentiu com a cabeça.

— O que o está segurando?- Meus pais — Raj Goel retrucou, um pouco bruscamente, como se Lobsang não houvesse entendido o que ele havia dito -, o casamento arrumado, meu chefe quer que eu...

— Sim, sim, o treinamento para desenvolvimento em gestão — o tom de Lobsang era cético.

— Por que você está falando assim?

— Assim como?

— Como se na verdade não acreditasse em mim.

— Porque na verdade não acredito em você — havia tanta compaixão no sorriso de Lobsang, tanta gentileza, que era impossível ficar ofendido.

— Posso te mostrar os formulários — o visitante lhe respondeu — tenho de entregá-los.

— Oh, acredito em tudo o que disse sobre o treinamento e seus pais e o casamento. Só não acredito que esses são os *verdadeiros* motivos pelos quais você se sente preso.

Sulcos profundos retornaram ao semblante de Raj Goel. Mas, desta vez, eram sulcos de perplexidade.

— Pensei que você concordaria que se trata de responsabilidades importantes.

— O quê? Só porque sou um monge budista? — repreendeu Lobsang.

— Porque sou uma pessoa religiosa que deseja manter o *status quo*? É por isso que você procurou meus conselhos?

Raj Goel parecia envergonhado.

— Você é um rapaz jovem, inteligente e questionador, Raj. Foi apresentado a uma oportunidade única. Uma chance de se tornar um cidadão do mundo e aprender muito mais não só sobre os Estados Unidos, mas também sobre si mesmo. Por que não aproveitaria essa oportunidade?

Lobsang colocou isso como uma questão importante e levou algum tempo até que Raj Goel respondesse.

— Seria porque estou com medo do que possa acontecer?

— Medo — disse Lobsang — instinto que impede muitas pessoas de tomarem decisões que elas sabem, lá no fundo, que vão liberá-las. Como um passarinho em uma gaiola cuja porta foi aberta, somos livres para sair a procura de realizações, mas o medo nos faz procurar por todos os motivos para não fazê-lo.

Raj Goel fitou o chão por um tempo antes de encontrar os olhos de Lobsang.

— Você tem razão — ele admitiu.

— O guru budista indiano Shantideva pronunciou algumas palavras sábias sobre assunto — disse Lobsang. E começou a citar: "Quando corvos encontram uma serpente moribunda, agem como se fossem águias. Da mesma forma, quando me vejo como vítima, sou ferido por frívolos fracassos."

— Agora não é hora de ser fraco ou deixar que seus medos o sobrepujem, Raj. Talvez se encarar seus medos com a cabeça erguida, as coisas podem não ser tão ruins quanto você imagina. Talvez, depois que seus pais se acostumarem com a ideia, não ficarão mais desapontados. O casamento arranjado pode esperar. Ou talvez daqui a dois anos, pode haver um arranjo diferente. Enquanto isso há muitas, muitas coisas pelas quais deve esperar. Tenho certeza de que você achará os Estados Unidos um lugar incrível.

— Eu sei — Raj Goel disse, desta vez com convicção. Inclinando-se para frente, pegou sua maleta e praticamente saltou da cadeira, com um objetivo recém-descoberto.

— Você tem toda razão! Muito obrigado pelo conselho!

Os dois homens apertaram as mãos calorosamente.

— Você pode até vir a conhecer uma estrela de cinema sugeriu Lobsang.

— Que é o motivo pelo qual sinto medo — Raj Goel declarou com fervor — e que devo ir em frente de qualquer jeito!

É interessante como quando você decide agir de maneira diferente, situações novas aparecem para ajudá-lo. Nem sempre óbvia ou imediatamente. E às vezes, de maneiras que nunca teria imaginado.

Naquela noite, tão inspirada pelo conselho de Lobsang como Raj Goel foi, decidi passar pelo pátio do templo e ir até onde brilhava a luz verde no fim da barraca do Senhor Patel. Não permitiria mais que desculpas tolas me deixassem choramingando no parapeito. O medo de fracassar ou de ser rejeitada não combinava comigo. Eu não era um periquito dentro de uma gaiola com a porta aberta.

A expedição não foi bem-sucedida. Meu tigrado não apareceu e, além disso, por quase não passar por ali, percebi que estava cada vez mais perdida. Mas graças a um monge de Namgyal que me reconheceu como GSS e me levou de volta até a porta de casa, a noite não terminou desastrosamente.

Porém, na tarde seguinte depois da minha sesta, quando saía do Café Franc, ninguém menos do que meu admirador tigrado de repente apareceu do meu lado.

— Não acredito no que você acabou de fazer! — exclamou, referindo-se a minha visita descarada ao restaurante de uma pessoa que supostamente odeia gatos.

— Ah! — suspirei ao dar de ombros, não apenas pela excitação de vê-lo, mas também por causa do quase impossível *savoir faire* do momento. — É assim que se faz essas coisas.

— Para onde vai? — quis saber.
— Jokhang — respondi.
— Você é um membro da casa?
— Algo parecido. — Eu revelaria a verdade sobre minha condição nobre na hora certa. — Pelo que tudo indica — disse eu, enigmaticamente — tenho de me sentar no colo de alguém muito importante em 20 minutos.
— Colo de quem?
— Não posso dizer. As audiências com o Dalai Lama são *estritamente* confidenciais.
Os olhos do tigrado se arregalaram.
— Ao menos. me dê uma dica! — ele implorou.
— Meu profissionalismo não permite — disse a ele. Então, depois de andarmos um pouco, acrescentei:
— Só posso dizer que ela é uma apresentadora loira de um talk show americano.
— Há tantas.
— Você sabe, aquela que sempre faz com que sua plateia levante e dance. Ela dança muito bem.
Mas o tigrado não entendeu.
— Aquela apresentadora casada com uma atriz lindíssima, que é protetora de gatos abandonados.
— Qual atriz lindíssima protetora de gatos abandonados?
Descobri que *sutileza* não fazia parte do vocabulário do meu admirador.
— Vamos mudar de assunto — disse, recusando-me a abandonar minha discrição. Ao mesmo tempo, não queria parecer reservada demais. — Então, qual é o seu nome?
— Mambo — ele respondeu. E o seu?
— Tenho muitos nomes. Comecei.
— Gatos com pedigree geralmente têm.

Sorri, deixando o mal-entendido passar. Afinal, não é somente por causa das circunstâncias que ainda não possuo documentos comprobatórios?

— Mas você deve ter um nome pelo qual todos lhe chamam.
— No meu caso — respondi — são iniciais: GSS.
— GSS?
— Isso mesmo.

Estávamos nos aproximando dos portões de Jokhang.
— O que significa?
— Esse é seu dever de casa, Mambo. Você é um gato de rua esperto — observei seus músculos peitorais inflarem de orgulho — Tenho certeza de que vai matar a charada.

Virei-me em direção a Jokhang.
— Como posso encontrá-la? — gritou.
— Me procure quando estiver sob a luz verde que brilha durante a noite.
— Sei qual é.
— E traga seu chapéu de ouro.

※

Ele estava lá na noite seguinte. Do meu parapeito, fingi não vê-lo. Eu não iria ser assim tão fácil. Queria testar o quanto interessado ele realmente estava.

Mas quando miou duas noites mais tarde, cedi e fui ao seu encontro.

— Matei a charada — ele disse, enquanto me aproximava da pedra onde estava sentado, o mesmo lugar que estava da primeira vez em que o vi.

— Qual charada?
— A Gata de Sua Santidade. É quem você é, não é?

Por um momento, era como se o mundo inteiro tivesse parado, prendido a respiração, esperando que o grande mistério da minha identidade fosse revelado.

— Sim, Mambo — confirmei finalmente, fitando-o com meus grandes olhos azuis. — Mas não faça um escarcéu por isso.

Sua voz se transformou em um sussurro.

— Não posso acreditar. Eu, das favelas de Dharamsala. Você com suas iniciais. Quero dizer, você é praticamente realeza!

— Uma gata pode ser... — o que poderia dizer sem parecer vaidosa? A *Bodhigata* de Sua Santidade? A *Rinpoche* do Café Franc? A Mais Bela Criatura Que Já Existiu da senhora Trinci? A Leoa da Neve de Chogyal e Tenzin? (Ou, Deus me livre, a *Mousie-Tung* do motorista?)

— Uma gata pode ser a GSS — eu disse finalmente — mas, ainda assim, é apenas... uma gata.

— Sei o que quer dizer.

Quanto a mim, não sabia. Não estava bem certa do que queria dizer.

— Então, quais são seus planos para esta noite?

Vou, caro leitor, poupá-lo dos detalhes de tudo o que aconteceu naquela noite e nas que se seguiram. Não sou esse tipo de gata. Esse não é esse tipo de livro. E, obviamente, você não é esse tipo de leitor!

Basta dizer que não se passou um dia sequer sem que eu agradecesse a Lobsang, com todo o meu coração, pelas suas sábias palavras. Shantideva, também. E Dharamsala Telecom, por ter mandado seu assistente técnico descontente para Jokhang.

Cerca de dois meses depois da visita de Raj Goel, estava eu em meu lugar de costume no arquivo da sala dos assistentes quando Lobsang apareceu.

— Chegou uma coisa para você nos Correios de hoje. — Tenzin disse a ele, enquanto remexia alguns envelopes em sua mesa, antes de pegar um cartão-postal brilhante com a foto de uma celebridade glamorosa.

— Raj Goel?- Lobsang examinou o cartão e leu a assinatura, tentando identificar o nome — Oh, *aquele* Raj!

— Amigo seu? — inquiriu Tenzin.

— Você se lembra daquele rapaz da Dharamsala Telecom que veio checar o problema com a nossa linha há uns dois meses? Acontece que agora ele trabalha para uma das maiores empresas de telefonia dos Estados Unidos.

Tenzin arqueou as sobrancelhas por um instante.

— Espero que seus modos tenham melhorado, ou então ele não vai trabalhar lá por muito tempo.

— Tenho certeza de que seus modos estão muitos melhores — disse Lobsang — agora que se livrou do seu próprio medo do fracasso.

Ele riu e continuou a ler o cartão.

— Ele acabou de consertar o telefone dessa aqui semana passada — ele levantou o cartão-postal.

— Quem é ela? — perguntou Chogyal.

— Uma atriz americana famosa que também é um tipo de patrona dos gatos tigrados. Ele se virou para mim com uma expressão de quem sabia de alguma coisa, a qual desmentia sua alegação de não possuir qualquer talento especial.

— Esse cartão-postal fecha o ciclo que começou desde a primeira visita de Raj Goel muito bem, você não acha, GSS?

Capítulo onze

Existe alguma desvantagem em ser a gata do Dalai Lama? A simples pergunta pode parecer absurda ou sugerir tanta ingratidão que muitos de vocês me tomariam nesse instante como uma gata mimada desprezível, um daqueles felinos de cara achatada e pelos compridos, cuja expressão de altivez pedante dá a ideia de que nada nunca será bom o suficiente para eles.

Mas, calma lá, querido leitor. Não há sempre dois lados em uma história?

É verdade que pode haver alguns gatos ao longo da história que se beneficiaram com as condições inigualáveis em que me encontro. Não são somente todas as minhas necessidades materiais que são satisfeitas e meus caprichos atendidos — às vezes até mesmo antes de eu me dar conta deles — mas meu mundo cerebral é animado pela rica variedade de visitantes e atividades que giram ao meu redor. Emocionalmente, seria difícil imaginar ser mais amada, idolatrada e adorada por aqueles por quem eu, por minha vez, tenho a mais profunda devoção.

E, espiritualmente, como você já sabe, é só Sua Santidade aparecer que todas as aparências e concepções comuns parecem se dissolver, deixando apenas uma eterna sensação de profundo bem-estar. Pelo fato de passar grande parte do dia em sua companhia, dormir toda noite aos pés de sua cama e passar muitas horas em seu colo, devo ser uma das gatas mais felizes do planeta.

Qual é, por favor, diga, o lado negativo de tudo isso? Como o Dalai Lama costuma explicar, desenvolvimento interior é algo pelo qual cada um de nós deve ser responsável. Outros seres não possuem a capacidade de nos tornar mais atentos para que possamos vivenciar a rica trama das experiências cotidianas ao máximo. Da mesma forma, outros seres não podem nos forçar a sermos mais pacientes ou gentis, não importa o quanto isso seja capaz de nos conduzir à felicidade. Quanto a melhorar a concentração durante a meditação, é obviamente algo que só cabe a nós.

E assim chegamos ao âmago da questão, a causa do meu constrangedor, mas inegável vexame.

Dia após dia, assisto a audiências com Sua Santidade, ouvindo as experiências de praticantes avançados, sabendo da minha incapacidade de meditar por mais de dois minutos sem me distrair. Nem uma semana se passa sem que eu escute algo sobre incríveis aventuras do consciente realizada por iogues adormecidos ou tecnicamente — ou temporariamente — mortos. Mas ao fechar os olhos à noite, caio rapidamente em um torpor pesado, alheia a tudo. Às vezes penso que se eu morasse com uma família que assistisse à televisão tanto quanto Dalai Lama medita, cujas mentes fossem tão agitadas como a minha, aí talvez, não seria tão doloroso saber das minhas limitações. Caso estivesse rodeada de humanos que acreditam que sua felicidade ou infelicidade depende de pessoas e coisas, e não de suas atitudes com relação a essas pessoas e coisas — bem, aí eu poderia ser considerada a mais sábia de todos os gatos.

Mas não moro.

Então, não posso ser a mais sábia.

Em vez disso, há vezes em que me sinto tão inadequada que até mesmo a tentativa de me tornar uma verdadeira bodhigata parece inútil. Minhas pobres habilidades de meditação. Meus habituais pensamentos negativos. Viver em Jokhang é como ser um pigmeu em uma terra de gigantes! Isso sem contar o fato de que possuo todos os tipos de deficiências pessoais, como o lado sombrio dos meus desejos de glutona, contra o qual luto todos os dias, e minhas imperfeições físicas, que assim que começo andar se tornam evidentes por causa de minhas patas traseiras instáveis. E da consciência tão dolorosa como um grão de areia arranhando minha mais profunda autoestima, de que minha linhagem impecável não está — ah, infortúnio após infortúnio! — documentada e provavelmente continuará dessa maneira até o fim dos tempos. É difícil continuar a acreditar que você é diferente ou especial ou — alguém ousaria dizer, tem sangue azul — sem documentos comprobatórios.

Era exatamente nisso que eu pensava enquanto descia a rua em direção ao Café Franc para fazer uma saborosa refeição. Ao passar pelas mesas ocupadas, parei para fazer uma saudação de nariz molhado com Marcel, que estava mais cordial comigo depois da chegada de Kyi Kyi. Saudei Franc com um ronronado benevolente quando ele se abaixou para me acariciar. Então saindo apressadamente do caminho do chefe dos garçons, Kusali, que equilibrava três pratos em cada braço, subi a meu lugar habitual entre as lustrosas revistas de moda e inspecionei meu teatro particular.

Lá estava a mistura peculiar de turistas — mochileiros, curiosos, ambientalistas, e aposentados com tênis horrorosos. Mas minha atenção foi imediatamente desviada para um homem de trinta e poucos anos sentado sozinho à mesa bem ao meu lado, lendo o livro de Bruce Lipton, *"A Biologia da Crença"*. Bonito e jovem, testa alta, olhos castanhos, cabelos encaracolados da mesma cor, ele lia em um ritmo que sugeria possuir um grande intelecto por detrás de um par de óculos de leitura geralmente usados por nerds.

Sam Goldberg era um dos clientes que mais frequentava o restaurante. Quando chegou em Mcleod Ganj no mês anterior, descobriu o Café Franc e imediatamente se tornou um frequentador assíduo. Não demorou muito para que Franc se apresentasse. Os dois tinham começado uma conversa casual, e foi então que descobri que Sam estava descansando por uns dias após ter sido demitido de seu emprego em Los Angeles. Ficaria em Mcleod Ganj por tempo indeterminado. Ele lia uma média de quatro livros por semana e era blogueiro inveterado sobre assuntos relacionados a corpo/mente/espírito. Seu blog possuia mais de 20 mil seguidores.

Foi durante uma conversa na semana anterior, no entanto, que uma nova possibilidade interessante surgiu. Durante um período de calmaria entre o movimento da manhã e do almoço, Franc puxou uma cadeira e sentou em frente a Sam — uma honra que ele raramente concedia aos clientes.

— O que está lendo hoje? — Franc perguntou, ao deslizar sobre a mesa um latte de cortesia para Sam.

— Oh, obrigado! Muito gentil. — Sam olhou para o café — e brevemente para Franc — antes de retornar ao livro.

— É o comentário do Dalai Lama sobre o sutra do coração — disse — Um clássico, pessoalmente um dos meus favoritos. Já devo ter lido uma dúzia de vezes. Assim como "O Coração da Compreensão", de Thich Nhat Hanh, acho este livro de grande ajuda para desvendar o significado do sutra.

— Origem dependente é um assunto difícil — comentou Franc.

— O mais difícil — concordou Sam — mas para uma compreensão mais ampla é bom ler a "Instrução de Tilopa para Naropa em Vinte e Oito Versos" ou "A Estrada Principal d'Os Triunfantes" do Primeiro Panchen Lama. Os versos de Tilopa são maravilhosamente líricos e, às vezes, a poesia consegue transmitir uma compreensão que vai além das palavras. Os ensinamentos do Panchen Lama são muito mais prosaicos. Mas sua força e clareza são exatamente o que você precisa ao meditar sobre esse assunto tão sutil.

Franc digeriu o comentário em silêncio por alguns instantes antes de dizer:

— Eu sempre me surpreendo, Sam. Você consegue me dizer o nome de meia dúzia de livros sobre qualquer assunto que lhe pergunto, sempre acompanhados de crítica pertinente.

— Oh, n-n-n-n-não. — rubores apareceram no pescoço pálido de Sam.

— Suponho que você se mantém atualizado por causa do seu blog, certo?

— Na verdade, o blog foi o resultado — Sam deu uma rápida olhada para Franc, evitando o contato visual — e não a causa.

— Sempre gostou de ler?

— Ajuda se você estiver no mercado. Q-q-quero dizer, no mercado no qual costumava trabalhar.

—E que mercado era esse? Perguntou Franc num tom trivial.
— De livros.
— Você quer dizer...?
— Eu trabalhava para uma rede de livrarias.
— Isso é... muito interessante — reconheci o brilho no olhar de Franc. O mesmo brilho que houvera visto quando descobriu que eu era a gata do Dalai Lama.
— Era responsável pela seção de corpo/mente/espírito — continuou Sam — precisava me manter atualizado com todos os títulos.
— Me diz uma coisa — Franc disse, ao se inclinar para frente, cotovelos na mesa — este negócio de livros eletrônicos e aplicativos de leitura. Isso significa o fim das livrarias?
Sam se encolheu na cadeira antes de conseguir olhar Franc nos olhos por um segundo inteiro.
— Ninguém tem uma bola de cristal, mas acho que na verdade há algumas lojas que vão prosperar. Aquelas que vendem livros de determinados assuntos. Ou que talvez organizem eventos.
— Como uma livraria café?
— Exatamente.
Franc olhou Sam cuidadosamente por um longo tempo antes de lhe dizer:
— Nos últimos meses tenho pensado em como diversificar meu negócio. Tenho aquela área, separada do resto das mesas, que não está sendo utilizada — ele apontou para a parte do restaurante, alguns degraus acima, onde a luz era mais fraca e as mesas geralmente ficavam vazias — recebo vários turistas aqui todos os dias que talvez gostariam de comprar um livro novo — e não há livrarias por aqui. O problema é o seguinte,

não faço a menor ideia de como gerenciar uma livraria. E não conhecia ninguém que pudesse fazê-lo, até agora.

Sam balançou a cabeça afirmativamente.

— Então, o que acha da ideia?

— Esse é exatamente o tipo de lugar onde vejo uma livraria dando certo. Como você diz, não há competição. E não faz mal se o sinal dos telefones celulares seja ruim por estas bandas, o que dificulta na hora de baixar os livros eletrônicos.

— Muitos de nossos clientes já possuem um interesse muito grande em livros sobre corpo/mente/espírito — interveio Franc — eles estão sempre lendo.

— Se eles vêm para cá em busca de uma experiência completa — pontuou Sam -, podem ampliá-la com a compra de livros novos, CDs, talvez presentes.

— Novidades budistas e indianas.

— Somente itens da melhor qualidade.

— Claro.

Por três segundos inteiros, Sam manteve o olhar de Franc. O brilho nos seus olhos haviam se transformado em exaltação. Até mesmo a timidez de Sam parecia ter desaparecido.

Então Franc perguntou:

— Você tomaria conta disso para mim?

— Você quer dizer...?

— E ficaria responsável, como gerente da livraria.

O entusiasmo rapidamente desapareceu do rosto de Sam.

— Bem, é m-m-muito gentil de sua parte me oferecer, mas eu não poderia — sulcos profundos apareceram entre os olhos de Sam. — Quero dizer, só ficarei aqui por algumas semanas.

— Você não tem trabalho algum à sua espera — Franc o lembrou, de modo um tanto bruto — estou lhe oferecendo um emprego aqui.

— Mas o meu visto...

Franc gesticulou com indiferença.

— Conheço uma pessoa que pode cuidar de toda a papelada.

— E ac-c-c-comodação...?

— Tem um apartamento no segundo andar — disse Franc. — Posso incluí-lo no negócio.

Mas, em vez de dissipar as preocupações de Sam, Franc acabou por piorá-las. Sam baixou o rosto vermelho, um rubor que começou pelo pescoço, e que inexoravelmente explodiu em sua face.

— Simplesmente não posso fazer isso — disse ele a Franc — mesmo se todo o resto estivesse... — inclinando-se em sua cadeira, Franc o encarou.

— Por que não?

Sam fitou o chão tristemente.

— Você pode me contar — disse Franc, seu tom de voz mais macio dessa vez.

Sam balançou a cabeça lentamente.

Depois de uma pausa, Franc tentou uma tática diferente.

— Confie em mim, eu sou budista.

Sam sorriu tristemente.

— Não vou sair daqui — Franc conseguiu combinar simpatia e insistência em seu tom de voz — até me contar.

Ele voltou a se sentar, preparando-se para uma longa espera. O rubor de Sam ficou mais intenso. Então, depois da pausa, olhos fixos no chão, Sam murmurou,

— Quando a loja da *Century City* fechou, fui despedido.

— Você disse.

— O fato é, nem todo mundo foi demitido. Alguns foram mantidos e remanejados. — Sam abaixou sua cabeça, envergonhado.

— E você está pensando...?

— Se eu fosse bom no que faço, teria sido mantido também.
— Eles mantiveram os melhores, não foi? — a voz de Franc estava apertada. — Que outro motivo? O custo de dispensá-los? Eles trabalhavam lá há muito tempo?

Sam deu de ombros.

— Acho que sim. A maioria deles. Mas você pode ver como... Eu sou ruim para lidar com pessoas. Não seria bom aqui, Franc. — ele finalmente conseguiu lançar um breve olhar na direção de Franc. — Na escola, eu era sempre o último a ser escolhido para os jogos. Na faculdade, não tinha namorada. Eu simplesmente não tenho jeito com as pessoas. Eu seria um desastre.

Enquanto Franc olhava para a figura lamentável à sua frente, uma expressão travessa de entendimento aparecia em seus lábios. Silenciosamente, acenou para Kusali lhe trazer um expresso.

— Sim, eu concordo — ele respondeu depois de um tempo — Imagine como seria desastroso ter alguém que conhecesse de trás para frente as categorias bibliográficas fazendo nossos pedidos. Ou se clientes lhe perguntassem sobre um assunto e você oferecesse a eles meia dúzia de alternativas. Seria uma catástofre!

— Não é isso...

— Imagine que alguém entre aqui para escolher um time esportivo e a primeira pessoa que visse fosse você.

— Você sabe que não quis dizer isso...

— Ou, Deus nos livre, se uma mulher solteira e carente viesse aqui à espera de um encontro!

— O problema é falar com as pessoas — Sam retorquiu, quase ferozmente — não sou bom nisso.

— Você conversa comigo.

— Você não é um cliente.

— Nunca forcei alguém para pedir um *cappuccino*, e não esperaria que você o fizesse, se é o que quer dizer — disse Franc.

Os dois se entreolharam antes de Franc dizer:

— Ou a ideia da livraria vai funcionar ou não. Acredito que você seja o homem certo para o trabalho, mesmo que não acredite em você mesmo.

Essa conversa aconteceu na semana anterior e, apesar dos melhores esforços de Franc, terminou sem que Sam se comprometesse a coisa alguma. Ele esteve no café todos os dias desde então, mas nada mais foi dito sobre o assunto. Perguntava-me quanto tempo Franc seria capaz de se aguentar. Porque não tinha dúvidas de que ele traria o assunto de volta.

Desde a conversa com Sam, vários profissionais foram chamados para medir o espaço no qual Franc pensava em colocar a livraria e para discutir sobre as prateleiras e as opções de vitrines. Mas será que conseguiria fazer Sam ceder?

Como aconteceu, os poderes de persuasão de Franc foram irrelevantes. Pouco tempo depois de minha chegada naquela manhã, encontrei Sam absorto no assunto da biologia celular e epigenética. E quem apareceu no café? Ninguém menos do que Geshe Wangpo.

Como Franc veio a descobrir rapidamente, ter um professor era uma faca de dois gumes. Os benefícios eram extraordinários, mas as exigências também. E quando seu professor era tão intransigente quanto o lama Geshe Wangpo, as lâminas da faca se tornavam bem amoladas. Todas as noites de terça, Franc assistia às aulas sobre o Caminho para a Iluminação no templo, mas em outros momentos, Geshe Wangpo irrompia em seu mundo inesperadamente, com seus resultados de mudança de vida.

Em uma ocasião, Franc se encontrava desnorteado e aflito por causa de sérios problemas com seus garçons. Geshe Wangpo ligou para ele inesperadamente, e em uma de suas ligações mais curtas, mandou que ele recitasse o mantra de Tara Verde por duas horas todos os dias. No final daquela semana, os problemas de recursos humanos de Franc haviam se resolvido sozinhos misteriosamente.

Em outra ocasião, ele apareceu ao final de uma chamada de longa distância que seu pai havia feito, contando que estava de cama em São Francisco. Franc passou os últimos dez minutos explicando porque não poderia ir visitá-lo quando descobriu, ao desligar, que seu lama estava bem atrás dele. Geshe Wangpo ordenou que ele, acima de tudo, priorizasse a visita a seu pai. Que tipo de filho ele pensava que era, dizendo a um homem frágil e idoso que estava ocupado demais para visitá-lo? A quem ele achava que devia sua vida? Que tipo de filhos ele queria ter no futuro — aqueles tão arrogantes e sem consideração como Franc estava sendo, ou filhos que realmente se importassem com seu bem-estar? E, por falar nisso, ele deveria comprar um bom presente para seu pai no *Duty-Free*.

Meia hora depois, Franc já havia comprado sua passagem de avião para ver o pai acamado.

Hoje, ao chegar no café durante a calmaria no meio da manhã, Geshe Wangpo olhou as mesas vazias a sua volta antes de ir diretamente para a mesa onde Sam estava sentado sozinho lendo um livro. Havia uma energia poderosa na maneira como ele andava pelo salão, como se não fosse um monge vestido com um manto alaranjado entrando no lugar, mas sim um ser que exercia comando — um grande monstro azul e preto que cuspia fogo, como aqueles retratados nas thangkas do templo, talvez.

— Posso me sentar aqui? — perguntou, puxando a cadeira em frente a Sam.

— Sim, claro — quase todas as mesas em volta dos dois estavam desocupadas, mas se Sam achou a pergunta estranha, não deu sinais. Em vez disso, continuou a ler.

Depois de ficar confortável, Geshe Wangpo não tinha intenção alguma de ficar calado.

— O que você está lendo?

Sam retirou os olhos do livro.

— Um livro sobre, uh, epigenética.

O lama olhou para os três livros empilhados ao lado da xícara de café vazia.

— Você gosta de ler?

Sam assentiu com a cabeça.

Imaginei se Franc havia comentado com Geshe Wangpo sobre sua ideia de abrir uma livraria café depois de sua aula semanal, mas parecia improvável. Geshe Wangpo encorajava seus alunos a serem autossuficientes. Quanto a Sam, ele não fazia ideia de quem Geshe Wangpo era, além do fato de ser um monge um pouco intrometido.

—É *muito* útil — Geshe Wangpo disse a Sam -, compartilhar nosso conhecimento com os outros. Se não, de que adianta tê-lo?

Sam olhou para o lama — e o encarou. Esse não era seu olhar furtivo habitual mas um contato que continuou por um tempo improvável. O que no rosto do lama prendia sua atenção? Era alguma coisa que o tranquilizava, talvez transmitindo a sensação de que havia segurança e profunda compaixão sob o ar severo do monge tibetano? Geshe Wangpo prendia o olhar de Sam simplesmente com sua personalidade forte pela qual era conhecido? Ou será que estava acontecendo uma ligação diferente — que era mais difícil de explicar?

Seja qual fosse a explicação, quando Sam finalmente respondeu, não havia sinal algum de sua timidez usual.

— É estranho você falar isso. O dono desse restaurante me pediu para gerenciar uma livraria para ele. — ele apontou para a área inutilizada onde Franc planejava abrir o negócio.

— Você quer? — perguntou o lama.

Sam fez uma careta.

— Não acho que faria isso bem.

A expressão de Geshe Wangpo permaneceu impassiva. Ele tentou de novo.

— Você quer?

— Não quero desapontá-lo. Ele teria de investir um bom dinheiro em estoque e mostruários. Se tudo desse errado por minha causa . . .

— Entendo, entendo.

Geshe Wangpo inclinou-se para frente.

— Mas você quer?

Um pequeno, triste, mas irresistível sorriso apareceu nos cantos da boca de Sam.

Antes que dissesse alguma coisa, Geshe Wangpo disse a Sam:

— Então você deve fazer isso!

O sorriso de Sam se abriu.

—Tenho pensado nisso. Muito. Poderia ser um... começo diferente. Mas tenho minhas reservas.

— O que são "reservas"? — o lama franziu o cenho de modo teatral.

— Reservas? — Sam consultou seu dicionário mental de sinônimos. — Dúvidas. Preocupações. Incertezas.

— Isso é normal — Geshe Wangpo lhe falou. Então, para enfatizar, disse novamente, mais grave, mais alto e mais devagar:
— Normal.
— Eu estava analisando a oportunidade — Sam começou a explicar.
Mas Geshe Wangpo o interrompeu.
— Pensar demais não é necessário.
Sam o encarou, completamente surpreso ao ver seus questionamentos cognitivos serem desconsiderados tão casualmente.
— Você ainda não me viu com pessoas — ele continuou. —, pessoas comuns.
Com as mãos nos quadris, o lama se sentou mais para frente em sua cadeira.
— Existe algum problema?
Sam deu de ombros. — Você pode dizer que é uma questão de autoestima.
— Autoestima?
— Quando você acha que não consegue.
Geshe Wangpo não estava convencido:
— Mas você lê muitos livros. Você tem conhecimento.
— Não é isso.
— No budismo — o lama inclinou a cabeça para trás desafiadoramente — nós diríamos que você é preguiçoso.
A reação de Sam foi oposta a usual. A cor se esvaiu de seu rosto.
— Se desprezando, pensando que você não é bom o suficiente, dizendo 'Não consigo fazer isso.' Essa é uma mente fraca. Você tem de trabalhar para superar isso.
— Não é por escolha. — Sam protestou sem convicção.

— Então você deve *escolher* superar isso. O que acontece se você continua a deixar a mente fraca vencer? Você alimenta a fraqueza. O resultado é uma mente mais fraca ainda no futuro. Em vez disso, você precisa cultivar a autoconfiança! — Geshe Wangpo endireitou o corpo e cerrou o punho. O poder parecia emanar dele em todas as direções.

— Você acha que eu consigo?

— Você tem de conseguir! — o lama disse com força. — Quando você fala com pessoas, você deve falar com elas com olhos grandes e voz firme.

Sam se empertigou na cadeira.

— Você já leu o *O Caminho do Bodisatva*?

Sam balançou a cabeça afirmativamente.

— Ele diz que a autoconfiança deve ser aplicada em ações salutares. É isso o que você deveria fazer aqui, sim. Você tem de decidir "fazer isso sozinho". Isso é a autoconfiança em ação.

— Olhos grandes e voz firme? — Sam perguntou, perceptivelmente com um tom de voz mais alto.

O lama assentiu com a cabeça:

— Assim mesmo!

Em resposta ao poder de Geshe Wangpo, um sentimento novo parecia surgir em Sam. Ele se sentou mais ereto. Com uma postura mais assertiva. Em vez de olhar para baixo, olhava diretamente nos olhos de Geshe Wangpo. Nada estava sendo dito, mas no silêncio, uma forma de comunicação diferente, mais intuitiva parecia estar acontecendo. Era como se Sam percebesse que todos os seus problemas de autoestima não eram nada além de ideias que tinha sobre si mesmo, ideias que tinham a consistência de um papel de seda. Ideias que eram passageiras e, como qualquer outra, nasciam, cresciam e passavam. Ideias que na presença desse monge, estavam sendo trocadas por ideias diferentes e mais otimistas.

Ele falou depois de uma longa pausa:
— Não sei seu nome. — disse.
— Geshe Acharya Trijang Wangpo.
— Não é o autor do livro *Caminho para a União de Nada Mais a Aprender*, traduzido por Stephanie Spinster?

O lama recostou em sua cadeira, cruzou os braços no peito e lançou um olhar desafiador para Sam:
— Você sabe muita coisa. — disse.

Ao voltar para Jokhang mais tarde, me perdi em meus próprios pensamentos sobre o que Geshe Wangpo havia dito. Fiquei tão surpresa quanto Sam ao ouvir que a falta de autoconfiança era considerada, no budismo, uma forma de preguiça, uma mente fraca que tinha de ser vencida. Não conseguia deixar de lembrar meus próprios sentimentos de inadequação quando se tratava da prática do Darma em geral, principalmente a meditação. E de como, vivendo em Jokhang e sendo frequentemente lembrada dos possíveis acontecimentos transcendentes, minha própria prática de meditação era tão limitada que parecia que não valia a pena continuar.

Porém, assim como o lama de Franc havia dito, o que aconteceria se deixássemos a mente fraca nos dominar? Que resultados poderiam advir além de futuras fraquezas? Havia uma lógica inevitável, se não desconcertante, mas juntamente com ela, uma inegável sensação de empoderamento.

Naquela noite, enquanto me colocava em posição de meditação no peitoril da minha janela, pernas dobradas debaixo do corpo, olhos semiabertos e bigodes alertas, antes de focar na respiração, relembrei as palavras de Geshe Wangpo.

Lembrei que convivia com um exemplo de perfeição, que estava cercada por aqueles que apoiavam minha prática. Não havia circunstâncias melhores que as minhas para que eu evoluísse para uma verdadeira bodhigata.

Tinha de fazer isso sozinha!

❋

Será que saí daquela sessão de meditação como um ser totalmente iluminado? Minha mudança de atitude foi a causa de um nirvana instantâneo? Querido leitor, estaria mentindo se dissesse que sim. Minha meditação não deu sinal algum de melhora imediata, mas talvez, mais importante que isso, meus sentimentos sobre o assunto melhoraram.

A partir de então, decidi que não iria pensar em cada sessão ruim como uma razão para desistir. Não iria julgar minha experiência baseada nas conquistas olímpicas dos visitantes de Sua Santidade. Eu era a GSS, com minhas próprias falhas e fraquezas, mas, assim como Sam, também com meus pontos fortes. Iria meditar, metaforicamente falando, com olhos grandes e voz firme. Podia não ter uma pasta com todas as instruções para a concentração meditativa, mas sabia o bastante.

❋

Existe um adendo para essa história, caro leitor. Claro que existe — essa é a melhor parte, você não acha? O bombom inesperado. A pirueta do balé. Sou o tipo de gata que adora mudanças rápidas na engrenagem. E esse livro também.

E, depois de ter me acompanhado até aqui, goste ou não, meu amigo, você certamente é esse tipo de leitor!

Primeiro, uma confissão.

Havia me sentido insegura no dia em que escutei Sam despejando suas dúvidas em relação a sua autoestima enquanto explicava seus sentimentos de inadequação a Franc. Como o fato de ter sido demitido da livraria havia piorado a rejeição que ele sentia quando era o último a ser escolhido para os jogos. Como seu fracasso amoroso durante a faculdade reforçou sua lamentável falta de pertencimento. O fato de que muitos profissionais altamente capacitados não haviam alcançado proeza esportiva alguma, ou que algumas das mulheres mais lindas se relacionavam com os caras mais nerds, de alguma forma não mudava suas crenças autodestrutivas. Considerando-se o quão inteligente ele era, sua explicação foi bizarra e teria até sido ridícula, não fosse pela dor que obviamente ela lhe causava.

Mesmo assim, quando ouvi como ele combinava tantas experiências desconexas para produzir uma narrativa depressiva sobre si mesmo, não consegui evitar um reconhecimento doloroso: eu era exatamente assim.

Eu não permitia que um pensamento negativo desencadeasse outro, sem relação? No mesmo instante em que pensava nas minhas habilidades de meditação ineficazes eu me voltava para minha indisciplina na tigela de comida. Enquanto contemplava minha forma física, lembrava a maneira absurda como andava por causa do problema nas minhas pernas. O que levava, com uma inevitabilidade depressiva, às minhas primeiras lembranças e à questão do meu pedigree.

Depois do abalo causado por Geshe Wangpo, descobri uma dinâmica oposta: que pensamentos positivos também se multiplicam — e produzem os resultados mais maravilhosos inesperadamente.

Há uma frase atribuída a Goethe, muito usada por fabricantes de ímãs de geladeira, cartões com mensagens, e outras bugigangas para inspiração. Ela diz assim: "O que quer que você possa fazer, ou sonhar que pode, comece. Ousadia tem genialidade, poder e mágica em si mesma." Embora Tenzin tenha me contado que Goethe nunca escreveu isso, as palavras ressoam convincentemente.

Quando comecei a ser mais autoconfiante em relação a minha prática de meditação, descobri que isso afetou muitas outras coisas. Não comia mais todos os pedaços de fígado de frango picados que a Senhora Trinci preparava só por que estavam lá. Eu caminhava com a cauda levantada, nos encontros de Sua Santidade com seus visitantes mais distintos. Por que não deveria?

E o que era mais curioso: Tashi e Sashi, os garotos de rua que viraram noviços a quem Sua Santidade havia instruído para que tomassem conta de mim, às vezes me visitavam em Jokhang. Geralmente se sentavam no chão e acariciavam meu pescoço por cinco minutos. Às vezes, recitavam mantras.

Uma tarde, alguns dias depois da minha mudança de atitude, eles me fizeram uma visita. Seguindo o ritual normal, rolei em um tapete felpudo, estiquei minhas pernas para permitir que os meninos passassem seus dedos para cima e para baixo na minha barriga.

Foi nesse exato momento que Chogyal entrou na sala.

— Muito bem. — ele balançou a cabeça para os dois garotos.

— Ela se transformou em uma gata muito bonita — disse Tashi.

— Uma Himalaia — Chogyal lhes disse, ao se agachar para acariciar as pontas aveludadas de minha orelhas.

— Geralmente, só as pessoas ricas podem comprar gatos como essa aqui.

Sashi ficou olhando para o nada por alguns instantes antes de dizer:

— A mãe dela pertencia a uma família rica.

— Verdade? — Chogyal levantou as sobrancelhas.

— Embora estivéssemos em uma área pobre, víamos a mãe dela passando no muro da casa.

— Uma casa enorme — interveio Tashi — com sua própria piscina!

— Ela ia lá para comer. — Sashi disse.

— Um dia nós a seguimos até onde os filhotes estavam — Tashi começou.- Foi assim que os encontramos — concluiu Sashi.

— Eles tinham várias Mercedes naquela casa — Tashi lembrou. — e um empregado só para encerá-los!

Chogyal se endireitou na cadeira.

— Que interessante. Ao que tudo parece, GSS pode ter pedigree no fim das contas. Mas vocês sabem que de acordo com nosso voto, como budistas, não devemos pegar coisa alguma a não ser que nos seja dado. Talvez pudéssemos entrar em contato com a família de onde ela veio, para oferecer um pagamento.

Capítulo doze

Visitas de chefes de estado quase sempre criavam uma grande agitação em Jokhang. Nos dias que as antecediam, agentes de segurança sisudos revistavam cada armário no complexo. Chefes de protocolo discutiam os mínimos detalhes. Medidas extraordinárias eram tomadas para garantir que cada possibilidade fosse levada em consideração, desde a localização dos contingentes de segurança nos telhados próximos até a textura do papel higiênico que seria usado pelos VIPs, caso houvesse necessidade.

Foi por isso que fui completamente pega de surpresa no dia em que Sua Santidade recebeu uma visitante que não era apenas uma líder, mas uma rainha de verdade.

Nenhum dos preparativos usuais que antecedem tais visitas foi realizado. Tudo o que aconteceu foi uma simples visita da segurança meia hora antes, o que foi até irônico, pois eu sabia que essa visitante real em particular era uma pessoa que Sua Santidade estava ansioso para encontrar. Já o escutara falar da jovem rainha e de seu marido com muito carinho no passado. Não apenas ela era belíssima como também era casada com o rei do único país budista himalaio do mundo.

Estou falando, evidentemente, da rainha do Butão.

Para aqueles leitores que não passaram seus dias na escola debruçados sobre o atlas da região do Himalaia — será que essas pessoas existem? — O Butão é um país diminuto a leste do Nepal, sul do Tibete, um pouco ao norte de Bangladesh. É o tipo de lugar que pode ter passado despercebido se um pedacinho de salmão defumado tivesse caído de sua baguete exatamente em cima do lugar errado no mapa. O mesmo comentário pode ser feito sobre metade dos países na Europa, mas não perceber o Butão seria imperdoável, porque o país é simplesmente, o lugar mais próximo de Shangri-la na Terra.

Um reino pacífico e isolado, impenetrável além das montanhas do Himalaia, até os anos 60, o Butão não tinha moeda nacional nem telefones, e a televisão só chegou em 1999. O objetivo de vida das pessoas sempre foi cultivar a riqueza interior em vez de bens materiais. Foi uma decisão do próprio rei do Butão que, nos anos 80, implantou um sistema para medir o desenvolvimento do país de acordo com a Felicidade Interna Bruta em vez do Produto Interno Bruto.

Uma terra de templos com tetos revestidos de ouro situada nos mais improváveis penhascos, uma terra de bandeiras de oração balançando ao longo de penhascos profundos e monges entoando mantras em templos construídos no século XVII, impregnados de incenso, o Butão é permeado por uma qualidade mágica. Era possível perceber a extraordinária presença da jovem rainha quando ela entrou na sala de Sua Santidade.

Lá estava eu no meu lugar preferido no parapeito, tirando um cochilo no sol da manhã, quando a ouvi ser anunciada por Lobsang. Ao ouvir as palavras "Sua Alteza Real," virei de barriga para cima e deixei minha cabeça pendurada na beirada do parapeito.

Mesmo olhando para ela de cabeça para baixo, pude ver que era muito requintada. De estatura baixa, pele dourada, um longo e lustroso cabelo negro, ela possuia uma delicadeza cativante. Vestida com sua tradicional *kira* butanesa — um vestido ornamentado com bordados que vai até o tornozelo — parecia uma boneca. E mesmo assim sua maneira de andar era natural e imperturbável, o que sugeria uma grande força pessoal.

Vi quando presenteou Sua Santidade com a tradicional echarpe branca, e logo depois seu corpo se curvou e colocou suas mãos unidas na frente do peito, próximo ao seu coração em sinal de devoção. Após os cumprimentos cerimoniosos ela passou os olhos pela sala antes de sentar-se — e imediatamente me avistou.

Nossos olhares se cruzaram e, embora tenhamos nos entreolhado por apenas alguns breves segundos, uma comunicação importante foi feita. Soube imediatamente que ela era uma de nós.

Uma aficionada por gatos.

Quando se sentou, tive a impressão de vê-la ajeitando a parte da frente de sua kira como se antevesse o que estava por acontecer. Ao deslizar do parapeito, aterrissei no carpete e fiz uma saudação ao sol, alongando elegantemente minhas patas dianteiras, em seguida realizando uma saudação reversa, balancei meus quadris trêmulos abanando a cauda, antes caminhar até onde ela estava sentada. Quando pulei no seu colo, me acomodei imediatamente, ela começou a acariciar meu pescoço, como boas amigas que sabíamos que éramos.

Há uma rara minoria de humanos que possui o entendimento nato das mudanças de temperamento de um gato:

como sobre o que podemos querer em um momento ser completamente diferente do que desejávamos minutos antes. Algumas pessoas sabem que não devem continuar a acariciar um gato até o ponto em que sejamos forçados a dar um aviso agudo e mordê-los incisivamente — geralmente no dedo indicador. Uma pequena parcela entende que só porque devoramos uma lata de sardinha lambendo os beiços em um dia, não significa que teremos o interesse em sequer olhar para a mesma comida no dia seguinte.

Não foi Winston Churchill quem disse que um gato é uma charada, dentro de um enigma, dentro de uma encantadora pele de aconchego? Não? Poderia jurar que recentemente li alguma coisa nesse sentido em um artigo sobre ele. E se ele não disse isso, certamente pensava assim. A Wikipédia deve saber!

E ainda há Albert Einstein, que teria dito que música e gatos são a única saída para os infortúnios da vida. Notem que sobre as outras espécies de animais domésticos, o maior pensador do século vinte curiosamente permaneceu calado. Deixarei por sua conta, caro leitor, para que tire suas próprias conclusões.

Nós gatos não somos criaturas robóticas que podem ser treinadas para pular e sentar ou salivar na eminência de um comando ou ao toque de um sino. Você já ouviu falar do *gato* de Pavlov?

É o que digo. Só o pensamento já é inimaginável!

Não, gatos são na verdade um mistério, às vezes, até para nós mesmos. A maioria das pessoas está disposta a nos tratar com o mesmo respeito concedido àqueles que somam à felicidade dos humanos sem exigir quase nada em troca. Somente alguns poucos realmente nos entendem. E a rainha do Butão fazia parte dessa elite.

Após algumas carícias de reconhecimento, ela juntou a ponta dos dedos e massageou minha testa com suas unhas, arrepios de imenso prazer desciam por minha espinha até a ponta da minha cauda.

Retribuí com um ronronado profundo.

Sua Santidade, que estava fazendo perguntas educadas sobre a saúde do rei e de outros membros da realeza, olhou para mim. Ele sempre perguntava aos visitantes se eles se incomodavam com minha presença. Alguns humanos, ao que parece, sofrem de alergia, o que pode ser tão devastador como uma reação alérgica à, digamos, trufas belgas, café italiano, ou Mozart. A rainha estava me dando tanta atenção que o Dalai Lama nem precisou perguntar, ao concordar com a cabeça, disse enfaticamente:

— Isso é extraordinário. Nunca vi ela se aproximar de uma pessoa tão rapidamente! Ela deve gostar muito de você.

— E eu gosto dela — Sua Alteza Real respondeu — ela é magnífica!

— Nossa pequena Leoa da Neve.

— Tenho certeza de que ela lhe dá muita alegria — a rainha moveu a ponta de seus dedos para massagear minhas orelhas negras com a firmeza exata.

Sua Santidade deu uma risada.

— Ela tem uma grande personalidade!

A conversa prosseguiu; a rainha falava sobre as várias práticas do Darma. Enquanto conversavam, ela continuou com suas carícias maravilhosas, e logo eu estava em um estado de alegria semiconsciente, com a conversa dos dois acontecendo acima de mim.

Nas últimas semanas eu vinha fazendo um esforço consciente em relação às minhas meditações diárias, depois do banho de água fria dado por Geshe Wangpo. Também havia saído do templo várias vezes, para assistir aos ensinamentos de muitos lamas graduados. Todas as vezes um aspecto diferente da prática do Darma era discutido. E em cada ocasião, a prática parecia muito importante.

O treino da mente é a base de todas as atividades budistas, e somos encorajados a desenvolver uma forte concentração não apenas quando meditamos mas também ao praticar a atenção plena durante cada dia. Como um dos lamas explicara, se não estamos objetivamente conscientes de nossos pensamentos em cada momento e em vez disso nos envolvemos com todos deles, como podemos começar a mudá-los? — "Não podemos controlar o que não monitoramos," — ele costumava dizer. A atenção plena, ao que parece, é a base da prática.

Outro lama graduado explicou como As Seis Perfeições servem de fundamento principal de nossa tradição. Se falhamos ao praticar a generosidade, a ética e a paciência, para citar apenas três, do que adianta aprender textos e recitar mantras? Sem a virtude, o lama disse, nenhuma de nossas outras atividades do Darma teria muito sentido.

Outro lama explicou como a sabedoria sobre a natureza da realidade é o que distingue os ensinamentos de Buda dos demais. A maneira como o mundo se apresenta para nós é ilusória, ele enfatizou, e para compreender essa verdade tão sutil devemos ouvir, pensar e meditar muito. Somente aqueles que entendem a verdade diretamente e não conceitualmente podem chegar ao nirvana.

Enquanto meus pensamentos continuavam a se entrelaçar com a conversa entre a rainha e o Dalai Lama, me lembrei do ensinamento da noite anterior. Lá no templo com iluminação suave e inúmeras estátuas e tapeçarias de budas e bodisatvas olhando para nós, um dos iogues mais reverenciados do Mosteiro Namgyal descreveu a rica tradição esotérica das práticas do tantra, incluindo aquelas focadas na Tara Branca e no Buda da Medicina. Cada uma das práticas era acompanhada de seu próprio texto, ou *sadhana*, para ser recitado, junto com as visualizações e mantras que os acompanham. Alguns tantras são essenciais, o iogue explicou, se quisermos alcançar a iluminação rapidamente.

Quem não quer?

Quanto mais eu aprendia sobre o budismo tibetano, mais descobria que sabia muito pouco sobre o assunto. Sem dúvida, os ensinamentos eram estimulantes e envolventes, sempre havia alguma prática nova e interessante para ser experimentada. Mas eu também me sentia confusa.

Semiconsciente da conversa que continuava pairando sobre mim, voltei a prestar atenção quando ouvi a rainha dizer:

— Sua Santidade, há tantas práticas diferentes em nossa tradição. Mas qual delas é mais importante?

Foi como se ela estivesse lendo meus pensamentos! Aquela era a *minha* pergunta, embora não a tivesse transformado em palavras. Era exatamente isso o que queria saber!

Sua Santidade não hesitou:

— Sem dúvida alguma a prática mais importante é a *bodhichitta*.

— O desejo de alcançar a iluminação para guiar todos os seres vivos ao mesmo estado — ela confirmou.

Ele balançou a cabeça afirmativamente.

— Essa iluminação se baseia na grande e pura compaixão, que por sua vez é fundamentada no grande e puro amor. Em cada caso **puro** significa imparcial. Sem condições. E **grande** significa benéfico para todos os seres vivos, não apenas para um pequeno grupo daqueles que por acaso gostamos em determinado momento.

— De nossa perspectiva, a única maneira de desfrutar um estado de felicidade permanente e evitar todo o sofrimento é alcançar a iluminação. Essa é a razão pela qual *bodhichitta* é considerado a motivação mais altruísta. Não desejamos alcançar a iluminação só para nós mesmos, mas para ajudar cada ser vivo a alcançar o mesmo estado.

— Uma motivação muito desafiadora.

Sua Santidade sorriu.

— Claro! É um desafio de uma vida fazer com que a simples ideia de iluminação se torne uma convicção sincera. Quando começamos, pode parecer que estamos só encenando. Podemos pensar: "Quem estou enganando, fingindo que posso ser um buda e guiar todos os seres vivos até a iluminação?" Mas, passo a passo, desenvolvemos a compreensão. Descobrimos que outros já fizeram isso. Desenvolvemos a confiança em nossas próprias capacidades. Aprendemos a nos tornarmos menos focados em nós mesmos e mais focados nos outros.

— Em certa ocasião, ouvi uma definição interessante do que é uma pessoa abençoada: "Uma pessoa abençoada é alguém que pensa mais nos outros do que em si mesma." Isso é útil, não acha?

Sua Alteza Real balançou a cabeça afirmativamente antes de fazer um comentário:

— Concordar com a ideia da *bodhichitta* é uma coisa. Mas lembrar-se de colocá-la em prática...

— Sim, tomar consciência da *bodhichitta* é muito útil. Podemos aplicá-la em muitas de nossas ações de corpo, fala e mente. Nossa vida cotidiana é rica em oportunidades para praticar a *bodhichitta* — e cada vez que o fazemos, como Buda disse, o impacto positivo em nossa mente é incomensurável.

— Por que ele é tão grande, Sua Santidade?

O Dalai Lama se curvou para frente em sua cadeira.

— O poder da virtude é muito, muito mais forte do que o poder da negatividade. E não há virtude maior que a bodhichitta. Quando cultivamos essa consciência estamos focando nas qualidades internas, não nas externas. Estamos nos lembrando do bem estar dos outros, não apenas pensando em nós mesmos. Veja, isso é uma perspectiva panorâmica, não limitada ao futuro a curto prazo dessa vida. Isso vai contra todos os nossos pensamentos habituais. Conduzimos nossa mente em uma trajetória muito diferente, muito poderosa.

— O Senhor disse que nossa vida cotidiana é rica em oportunidades para praticar?

Sua Santidade assentiu.

— Toda vez que fazemos algo de bom para alguém, mesmo sendo uma coisa rotineira a qual esperam que façamos, podemos fazê-la com o pensamento de que "Que por esse ato de amor, ou por trazer a felicidade, eu possa alcançar a iluminação para liberar todos os seres vivos". Toda vez que praticamos a generosidade, seja ao fazer uma doação ou ao cuidar de um gato, podemos pensar na mesma coisa.

Naquele momento bocejei profundamente. Dalai Lama e a rainha riram.

Então, quando ela olhou para meus olhos de safira, Sua Alteza Real disse:

— É o carma que traz as pessoas e outros seres para nossas vidas?

Sua Santidade assentiu com a cabeça.

— Se houver uma forte conexão, às vezes o mesmo pode voltar várias vezes.

— Algumas pessoas acham que é tolice recitar mantras em voz alta para o bem dos animais.

— Não, não é tolice — disse Sua Santidade — isso pode ser muito útil. Podemos criar — como você diz? — uma boa marca cármica na sequência mental de um ser que pode amadurecer quando ele encontrar as condições certas no futuro. Há histórias nas escrituras de como meditantes entoavam mantras em voz alta para os pássaros. Nas vidas futuras, os pássaros eram atraídos para o Darma e eram capazes de encontrar a iluminação.

— Então a pequena Leoa da Neve deve ter marcas cármicas muito, muito boas?

Dalai Lama sorriu.

— Sem dúvida!

Foi nesse momento que a rainha disse algo que soou bem incomum. Mais incomum ainda, com o benefício da perspectiva.

— Se algum dia ela tiver filhotes — ela murmurou — seria uma grande honra para mim dar um lar para um deles.

Sua Santidade bateu palmas.

— Muito bom! — disse.

— Estou falando sério!

O Dalai Lama olhou a rainha nos olhos com uma expressão de benevolência oceânica.

— Vou me lembrar disso.- afirmou.

※

Algumas manhãs depois eu entrei no escritório dos assistentes executivos. Os telefones estavam silenciosos, a correspondência diária ainda não havia chegado, e durante aquela calmaria incomum, Chogyal preparou xícaras de chá que os dois saboreavam com alguns pedaços de amanteigados escoceses, cortesia da senhora Trinci.

— Bom dia GSS! — Chogyal me cumprimentou, enquanto eu esfregava meu corpo em suas pernas cobertas pelo robe. Ele se abaixou para me acariciar.

Tenzin reclinou-se em sua cadeira.

— Você diria que ela está conosco há quanto tempo?

Chogyal deu de ombros.

— Um ano?

— Há mais de um ano.

— Foi antes de Kyi Kyi.

— **Muito** antes de Kyi Kyi. Tenzin mordeu seu amanteigado açucarado com uma finesse diplomática.

— Não foi na época da visita daquele professor de Oxford?

— Vou lhe dizer exatamente. — Chogyal abriu o calendário em seu computador. — Você se lembra? Foi quando Sua Santidade voltou de sua viagem aos Estados Unidos.

— Exato!

— Isso foi há um ano e dois, três... quatro meses atrás.

— Isso tudo?

— Impermanência — Chogyal lembrou a ele, estalando os dedos.

— Hum.

— Por que a pergunta?

— Eu estava pensando — disse Tenzin — ela não é mais um filhote. Quando ela foi vacinada, sugeriram que ela fosse castrada e recebesse um microchip.

— Vou anotar na minha agenda para ligar para o veterinário — disse Chogyal. — Na sexta-feira à tarde eu talvez tenha tempo para levá-la.

Naquela sexta-feira à tarde eu estava no colo de Chogyal no banco de trás do carro do Dalai Lama enquanto o motorista — quanto menos falarmos dele melhor — nos levava de Jokhang para uma moderna clínica veterinária em Dharamsala. Não havia necessidade de gaiolas, cestos ou miados primitivos. Afinal, eu sou a Gata de Sua Santidade. Ao descer a ladeira, tive um grande interesse pelas cenas que surgiam a minha frente, meus bigodes se moviam com curiosidade. Por incrível que pareça, foi Chogyal que precisou se acalmar, enquanto me segurava nervosamente, recitando mantras em meio a sua respiração forte.

Dr. Wilkinson, o veterinário australiano lindo e alto, logo estava me examinando na mesa, onde ele abriu minha boca, examinou meus ouvidos e me submeteu à indignidade de uma verificação de temperatura.

— O tempo voa — Chogyal lhe falou — ela está conosco há mais tempo do que imaginávamos.

— Ela tomou suas primeiras vacinas — o veterinário lhe assegurou — isso é o mais importante. E perdeu um pouco de peso desde a última vez que a vi, o que ela precisava. Está ótima.

— Queremos lhe implantar um microchip e castrá-la.

— Microchip — Dr. Wilkinson massageava meu corpo — é sempre uma boa ideia. Muitas pessoas trazem animais para cá o tempo todo, mas não temos como entrar em contato com seus donos. É de partir o coração.

Ele parou, suas mãos não se mexiam mais.

— Mas teremos que esperar um pouco para castrá-la.

A têmpora de Chogyal se contraiu.

— Não estávamos pensando em fazer isso agora.

— Seis semanas. Talvez um mês — o veterinário lançou-lhe um olhar esclarecedor.

Chogyal ainda não estava entendendo.

— Você está sem horário na agenda para operações?

Dr. Wilkinson sacudiu a cabeça com um sorriso.

— É um pouco tarde para castrá-la, amigo — disse ele a Chogyal — a Gata de Sua Santidade vai ser mãe.

— Como os chamaremos? — foi a reação do motorista quando Chogyal contou-lhe novidade ao voltarmos para casa.

Chogyal deu de ombros. Esperava que ele estivesse pensando em outras coisas. Como, por exemplo, em como contar para Sua Santidade.

— Rata-Tungs? — sugeriu o motorista.

Epílogo

Várias coisas aconteciam no Café Franc. Há dias os pintores do letreiro estavam pendurados nas escadas, trabalhando na fachada do restaurante. A área destinada à livraria havia sido separada por divisórias. A julgar pelos sons abafados das furadeiras e dos martelos, e pela agitação de trabalhadores que entravam e saíam, mudanças de todos os tipos estavam ocorrendo por detrás dos painéis, que iam do chão ao teto.

Para os que perguntavam, Franc explicava que o Café Franc estava prestes a ter um "grande relançamento." — Seria tudo o que fora no passado — só que ainda melhor. Haveria maior variedade de produtos a oferecer aos clientes. Seria um lugar ainda mais agradável para se passar o tempo.

Mas o que acontecia nos bastidores permaneceria sendo um mistério.

Essa era uma metáfora bem pertinente para minha vida naquele momento. Tornaria-me mãe. As mudanças no meu corpo eram rápidas e significativas. Mas o real significado daquilo realmente era algo que eu poderia apenas imaginar. Quantos gatinhos eu teria exatamente? De que maneira eles modificariam nossa vida em Jokhang? Seriam gatinhos himalaios, tigrados ou uma mistura de ambos?

Uma coisa da qual tinha certeza era de que poderia contar com o total apoio do Dalai Lama. Depois de nossa visita ao veterinário, ao receber a notícia de Chogyal, o rosto de Sua Santidade se iluminou.

— Ah... que coisa extraordinária! — Sua expressão admirada era quase infantil, enquanto se inclinava para me afagar. — Uma ninhada de filhotes da nossa Leoa da Neve. Vai ser divertido!

A minha própria origem, um enigma que eu acreditava que nunca seria desvendado, era outra questão que sofrera uma mudança súbita e inesperada. Dias depois de Tashi e Sashi deixarem escapar informações sobre minha origem, Chogyal tomou providências para que os irmãos o acompanhassem em sua próxima visita a Déli a fim de identificar a família à qual minha mãe pertencia. Encontraram a casa sem dificuldade, mas estava trancada e havia seguranças por toda parte. Não havia sinal de que a família estivesse morando ali atualmente. Nenhuma evidência de felinos pela casa. Um bilhete havia sido deixado com um dos seguranças, mas a resposta ainda estava por vir.

Por todas essas razões, sentia como se estivesse vivendo na iminência de uma mudança profunda. As placas tectônicas da vida estavam se movendo. As coisas nunca mais seriam as mesmas. Sentia a excitação e também a apreensão. Mas, com a lembrança de Geshe Wangpo vívida em minha mente, eu tinha tudo de que precisava. Faria disso uma transformação positiva. Não evitaria coisa alguma.

E, principalmente, não ficaria de fora do relançamento do Café Franc, que fora a causa de tanta atividade.

O evento estava previsto para as seis da tarde, mas cheguei com bastante antecedência. Minha plataforma de observação não havia sido afetada pelas mudanças que já não estavam escondidas pelos tapumes de obra, mas sim por grandes folhas de papel seguras por um grande laço de fita vermelho.

Uma multidão começou a se formar à medida que a hora se aproximava. Lá se encontravam os clientes assíduos de Mcleod Ganj, sempre um grupo muito eclético, incluindo pessoas que eu conhecia de Jokhang. A senhora Trinci chegou, recém-saída do salão de beleza, onde havia arrumado o cabelo especialmente para a ocasião. Com um vestido preto, joias de ouro e kajal nos olhos, seu visual adicionava um toque continental de *je ne sais quoi* à sua característica dramática.

Chogyal também compareceu como guardião de Kyi Kyi. Franc o conduziu rapidamente para o cesto debaixo do balcão, onde Kyi Kyi e Marcel, imaculadamente limpos após o banho, usavam laços vermelho e dourado em torno de seus pescoços.

Enquanto os drinques e os canapés circulavam livremente, o barulho aumentava. No meio da multidão avistei a Senhora Patel do Bazar Preço Baixo; nos últimos tempos, ela me cumprimentava, sem comida para me oferecer, e de certa forma, um tanto melancólica, toda vez que eu passava pela porta da sua loja.

Sam também estava lá, muito elegante com camisa azul-escura e jaqueta esporte branca de linho. Nas últimas semanas ele fora presença constante no restaurante, gerenciando com Franc as atividades frenéticas dos bastidores. Desde que aceitou a oferta de Franc, Sam fez um esforço tremendo para se reinventar. Tomando à frente da livraria, ele havia convocado uma sucessão de representantes de vendas das editoras e, agora, sabia exatamente onde os presentes seriam exibidos, comandava os negociantes com assertividade recém-descoberta. Eu até o vi gesticular energicamente para um carpinteiro cujo trabalho não estava de acordo.

Tenzin estava lá — uma presença diplomática conversando com dois acadêmicos de Harvard que visitavam o lugar. Geshe Wangpo estava em pé na porta de entrada, em frente ao laço vermelho, juntamente com outros monges de Namgyal.

Franc estava à vontade, circulando pelo salão. Mas hoje, excepcionalmente, ele tinha a companhia de uma mulher muito atraente de seus trinta e poucos anos.

A metamorfose de Franc continuava desde aquele primeiro encontro com Geshe Wangpo, reforçada pelas aulas semanais no templo. O brinco de ouro com o símbolo do Om e as pulseiras há muito já não existiam. A careca ascética agora dava lugar a um cabelo louro surpreendentemente denso, e suas roupas já não eram tão apertadas, nem tão pretas. A maior mudança não se podia ver. Lá se fora o valentão que fazia da vida dos funcionários da cozinha e dos garçons um inferno. Franc não tentava encobrir seus ataques de impaciência, mas, em vez de deixar que se transformassem em um frenesi de indignação justificada, ele agora parecia ficar envergonhado quando eles aconteciam. Sumiram também as constantes referências ao Dalai Lama isso e o Darma aquilo. As procedências da *Rinpoche* não eram mais mencionadas e eu não escutava a palavra "budista" há semanas.

Mas quem exatamente era a jovem ao seu lado? Ela havia estado no café duas vezes aquela semana. Na primeira vez, ela e Franc passaram mais de duas horas conversando seriamente em uma das mesas na calçada. Na segunda vez, ele a levou até a cozinha, onde ela passou um bom tempo conversando com os irmãos Dragpa e também com Kusali.

Esta noite ela estava resplandecente em um vestido coral, seus longos cabelos escuros descendo pelas costas e joias que brilhavam em suas orelhas, pescoço e punho. Achei que era a mulher mais requintada que eu já vira — havia tanta energia, tanta compaixão em seus traços. Enquanto Franc a apresentava, as pessoas pareciam derreter em sua presença, pelo calor que transmitia.

Descansando em minha almofada de lótus entre a *Vogue* e a *Vanity Fair*, ciente dos ocasionais movimentos no meu ventre dilatado, olhei para o grupo de pessoas com sentimento de profunda satisfação por esse momento, por agora e por tudo que me trouxera até ele.

Kyi Kyi, deitado na sua cesta debaixo do balcão, havia entrado na minha vida no mesmo momento em que o Guru do autodesenvolvimento, o Jack. Com eles, pude entender a tolice que era ter inveja da aparente vida maravilhosa das outras pessoas, pude perceber que a causa da verdadeira felicidade é o desejo sincero de dar felicidade aos outros e ajudá-los a se livrar das mais variadas formas de insatisfação — amor e compaixão definidos.

Com a senhora Trinci, descobri que o simples fato de saber essas coisas era de pouco valor. Nossa consciência sobre uma verdade precisa se aprofundar a ponto de realmente mudar nosso comportamento. Chamamos a isso de realização.

Percebi como é essencial colocar atenção plena ao momento presente se quisermos vivenciar a rica variedade da vida cotidiana. Somente estando completamente desperto para o presente é que seremos capazes de colocar nossa realização em ação — nos lembrarmos de fazer cada xícara de café valer a pena.

Franc havia sido meu professor de bolas de pelo — o perigo de pensar em mim e sobre mim a ponto de ficar enjoada de mim mesma. Também foi por causa dele que descobri que o Darma não tem a ver com encher a boca com princípios pomposos e vestir roupas que chamam a atenção ou se autointitular budista, mas sim com expressar os ensinamentos em todos os seus pensamentos, palavras e ações.

Enquanto a enormidade de tentar se tornar um ser iluminado pode parecer intimidador às vezes, assim como Geshe Wangpo havia explicado, não há espaço para a preguiça ou a falta de confiança. Levar uma vida autêntica exige olhos grandes e voz firme!

Havia um convidado cuja ausência foi percebida na ocasião. O Dalai Lama estava a caminho de casa, vindo do aeroporto, depois de uma breve viagem ao exterior. No entanto, sua presença era palpável, permanecendo com cada um de nós, junto com sua mensagem: "Minha religião é a bondade." Como budistas tibetanos, nosso objetivo principal é a *bodhichitta*, que resulta da compaixão para ajudar todos os seres vivos a encontrar a felicidade.

As pessoas continuavam a chegar ao Café Franc — nunca havia visto o lugar tão cheio. Todos ficaram de pé quando Franc se encaminhou até uma pequena plataforma destinada à cerimônia de dedicações. Alguém tamborilou um copo com o talher e logo o burburinho na sala se transformou em silêncio.

— Obrigado a todos por terem vindo. — Franc disse, olhando os rostos à sua volta — Este é um dia muito especial para nós aqui do café. Não tenho só um pronunciamento para fazer, mas sim três. O primeiro é que a saúde do meu pai piorou e estou deixando o Café Franc para cuidar dele.

Houve murmúrios piedosos e de surpresa.

— Pode ser que eu fique em São Francisco de seis meses a um ano.

Geshe Wangpo, como percebi, estava assentindo com a cabeça.

— A princípio, quando percebi que deveria ir, me perguntei o que seria do café. Não queria ter de fechá-lo — podia se ouvir uma onda de desânimo vindo dos presentes -, mas sabia que o café não poderia ficar desassistido. Então, há duas semanas, tive a incrível sorte de conhecer Serena Trinci, recém-chegada da Europa, onde gerenciou alguns dos melhores restaurantes. — Ele fez um gesto em direção à mulher de vestido coral, a quem Franc havia apresentado às pessoas a noite toda. Ela abriu um sorriso largo em reconhecimento.

— Serena gerenciou um restaurante aclamado com duas estrelas Michelin em Bruges, o Hotel Danieli em Veneza e, recentemente, estava à frente de uma das brasseries mais badaladas de Londres. Mas, como ela não pode ignorar o chamado de Mcleod Ganj, sinto-me muito feliz em anunciar que ela gentilmente aceitou tomar conta de tudo enquanto eu estiver fora.

A notícia foi recebida com aplausos entusiasmados e com uma reverência de Serena. A senhora Trinci olhou para ela, cheia de orgulho.

— Por muito tempo pensei na melhor maneira de utilizar o espaço aqui atrás — Franc disse, apontando para a área escondida atrás dele. — Tive algumas ideias, mas não sabia de que maneira implementá-las. Foi então que, aconteceu outra "coincidência" assustadora, apareceu a pessoa certa, na hora certa.- Ele inclinou a cabeça na direção de Sam, que estava a seu lado.

— Gostaria agora de pedir ao meu professor e convidado de honra, Geshe Wangpo, para inaugurar formalmente nossa novidade.

Em meio aos aplausos, Geshe Wangpo se juntou a Franc na plataforma, aproximando-se do grande laçarote vermelho. Ele estava prestes a desfazê-lo, antes de se lembrar de algo:

— Ah, sim. Tenho o prazer de anunciar a abertura dessa nova e maravilhosa livraria — disse ele, cuja hesitação divertiu o grupo. — Que sua existência possa ser uma causa de felicidade para todos os seres e que possa evitar o sofrimento.

Enquanto ele desfazia o laço, os painéis de papel caíram, revelando as fileiras lustrosas de livros, prateleiras de CDs, e uma variedade colorida de presentes. Houve uma onda de aplausos e exclamações. Franc sorriu quando Geshe Wangpo chamou Sam para se juntar a eles no pódio. Sam sacudiu a cabeça vigorosamente, mas Geshe Wangpo insistiu. Quando Sam se posicionou entre os dois homens, os aplausos aumentaram ainda mais, até o lama erguer sua mão em um comando autoritário.

— Os livros nessa loja — ele disse, indicando os títulos dispostos na frente deles -,são muito úteis. — Eu sei, porque eu mesmo conferi. Acredito que nas próximas semanas haverá muitos monges do Mosteiro Namgyal visitando a livraria. Eles podem não ter o dinheiro, mas vão dar uma olhada.

A face imperturbável de Geshe Wangpo deixava transparecer uma grande alegria.

— O responsável pela escolha dos livros, esse aqui — ele se virou e agarrou Sam pelo braço -, já leu muitos livros. Mais do que alguns lamas que conheço. Ele possui grande conhecimento, mas é um pouco tímido. — Havia um traço de malícia nos olhos do lama — Então, vocês precisam ser pacientes com ele.

Em vez de olhar para baixo constrangido, Sam parecia energizado pelas palavras de Geshe Wangpo. Devolvendo o sorriso do lama, ele olhou para as pessoas e disse em voz alta:

— Nós temos uma grande seleção de livros aqui. Todos os clássicos e também os mais recentes lançamentos. Posso dizer com confiança que se trata de uma coleção de livros sobre mente/corpo/espírito melhor do que você encontraria até nas maiores livrarias americanas. Estou ansioso para vê-los aqui em breve.

As palavras de Sam foram seguidas de uma salva de palmas. Ao lado dele, Geshe Wangpo deu um sorriso enigmático.

— Estou certo de que todos estão ansiosos para entrar na livraria — Franc tomou a frente mais uma vez — onde vocês ficarão satisfeitos em saber que aceitamos cartões de crédito. Mas antes disso, ainda tenho de fazer o terceiro pronunciamento, o qual entra em vigor imediatamente. O Café Franc agora será chamado de Livraria Café do Himalaia. Temos um novo letreiro, que será revelado pela primeira vez esta noite.

Uma outra salva de palmas prolongada.

— No começo, quando abri meu negócio aqui, tudo o que me interessava era a comida e, não vou negar, eu mesmo. Fico feliz em dizer que as coisas mudaram desde então. Agora somos muito mais do que apenas um restaurante. Felizmente, expandimos, muito além de mim mesmo. Tenho o privilégio de trabalhar com esta equipe aqui — Jigme e Ngawang Dragpa na cozinha, Kusali e seu pessoal no salão, e agora, Sam e Serena. Então, por favor, pessoal, aproveitem a comida e a bebida! Gastem muito nos livros e presentes! Estou ansioso para vê-los quando voltar de São Francisco!

A festa de inauguração estava um sucesso. Assim que Sam abriu a livraria, podia-se ver uma fila de compradores ansiosos. No restaurante, Franc circulava com Serena enquanto os garçons serviam champanhe e vinho. O restaurante, agora um empório, nunca estivera tão animado, com tanta energia, risos e *joie de vivre*.

Que diferença de quando visitei o Café Franc pela primeira vez e quase fui arremessada porta afora. Perguntava-me o que teria acontecido se não houvesse entrado aqui, na ingênua expectativa de uma refeição deliciosa? Se Kyi Kyi não houvesse precisado de uma casa ou Franc não houvesse sido escolhido como aluno de Geshe Wangpo ou ainda se Sam não houvesse aparecido na hora certa?

Havia algo de misterioso e muito encantador sobre a cadeia de acontecimentos que levara a esse momento.

E os acontecimentos que ainda estavam por vir.

Mais tarde naquela noite, quando a movimentação inicial na livraria se acalmou, Serena se aproximou de onde Sam estava e contemplou o grupo.

— Está sendo uma noite maravilhosa! — ela irradiava felicidade.

— Não é mesmo?

Percebi que Sam conseguiu olhar diretamente para ela com um sorriso desamparado, em vez de olhar para o chão.

Então, os dois começaram a falar ao mesmo tempo.

— Você começa — disse ela.

— N-n-não. — ele fez um gesto, dando-lhe permissão para falar.

— Eu insisto. Você primeiro.

De onde estava pude ver as manchas vermelhas que salpicavam o pescoço de Sam. Como nuvens tempestuosas que se acumulam, as manchas se juntavam para formar uma onda carmim, que subia em direção ao queixo, então, de repente, foi interrompida.

— Eu sugeriria — ele começou a falar, mais alto do que o necessário — , vendo que vamos trabalhar juntos...

— Sim? — Serena interrompeu, enquanto jogava os cabelos para trás, seus brincos brilhando sob a luz.

— Seria uma boa ideia, mas só se você tivesse tempo...

— Sim? — ela balançou a cabeça, encorajando-o.

— Quero dizer, talvez pudéssemos nos encontrar um dia desses. Talvez para comer alguma coisa?

Ela riu e disse:

— Pensei em sugerir exatamente a mesma coisa.

— Você ia?

— Vai ser divertido.

— Sexta à noite?

— Combinado! — inclinando-se para frente, ela beijou gentilmente o rosto de Sam.

Ele apertou o braço dela.

Naquele instante, Franc emergiu do meio da multidão bem atrás dos dois.

Encontrou os olhos de Sam por sobre os ombros de Serena e deu uma piscadela para ele.

Voltando para casa naquela noite, posicionei-me no meu parapeito. O Dalai Lama, que já havia retornado de Nova Déli, estava sentado em uma cadeira próxima, lendo um livro.

A janela estava aberta e, junto com o aroma fresco de pinho, parecia haver algo a mais no ar. Uma esperança nas coisas que estavam por vir.

Enquanto observava Sua Santidade ler, não pude deixar de pensar, assim como havia feito muitas vezes nesses momentos contemplativos, na sorte que tive ao ter sido resgatada por um homem tão incrível. Imagens daquele dia nas ruas de Nova Déli ainda surgiam em minha mente. Especialmente aqueles momentos finais quando estava presa no jornal e minha força vital parecia estar se esvaindo.

— Muito interessante, minha Leoa da Neve. — o Dalai Lama comentou depois de fechar o livro e vir até onde eu estava para me afagar.

— Estou lendo sobre a vida de Albert Schweitzer, que ganhou o Prêmio Nobel da Paz em 1952. Ele era um homem de grande compaixão, muito sincero. Acabei de ler algo que ele disse: "Às vezes nossa luz se apaga e é reacendida pela faísca de outra pessoa. Cada um de nós tem motivo para agradecer profundamente a quem acende essa chama dentro de nós." Eu concordo com isso, você não, GSS?

Fechando meus olhos, ronronei.

Que muitos seres sejam beneficiados.

Para maiores informações sobre lançamentos do selo Lúcida Letra, incluindo a continuação da história da gata do Dalai Lama, cadastre-se em: www.lucidaletra.com.br

Acesse as transmissões da Hay House em
www.hayhouseradio.com

Impresso em abril de 2021 na gráfica Vozes, utilizando-se a fonte ITC Stone Serif sobre papel offset 90g/m²